HISPANIA
MAR MEDI TERRANEUM
CANARIAS INSULAS
OCEANUS ATLANTICUS
BOSQUE MAGICO

**DUENDE ELEUTERIO: LEYENDAS Y AVENTURAS DE MAGIA Y FANTASÍA
(Edición B&N)**
Autor: Dmitriy Babakhov
ISBN: 9789403762975
Depósito Legal: B 8133-2024
Primera edición: 2024

Diseño de cubierta: Oliver G. Seoane
Diseño de ilustraciones: Oliztyle
Publicado por: MiBestseller | Bookmundo | Dmitriy Babakhov

Duende
Eleuterio
LEYENDAS Y AVENTURAS DE MAGIA Y FANTASÍA

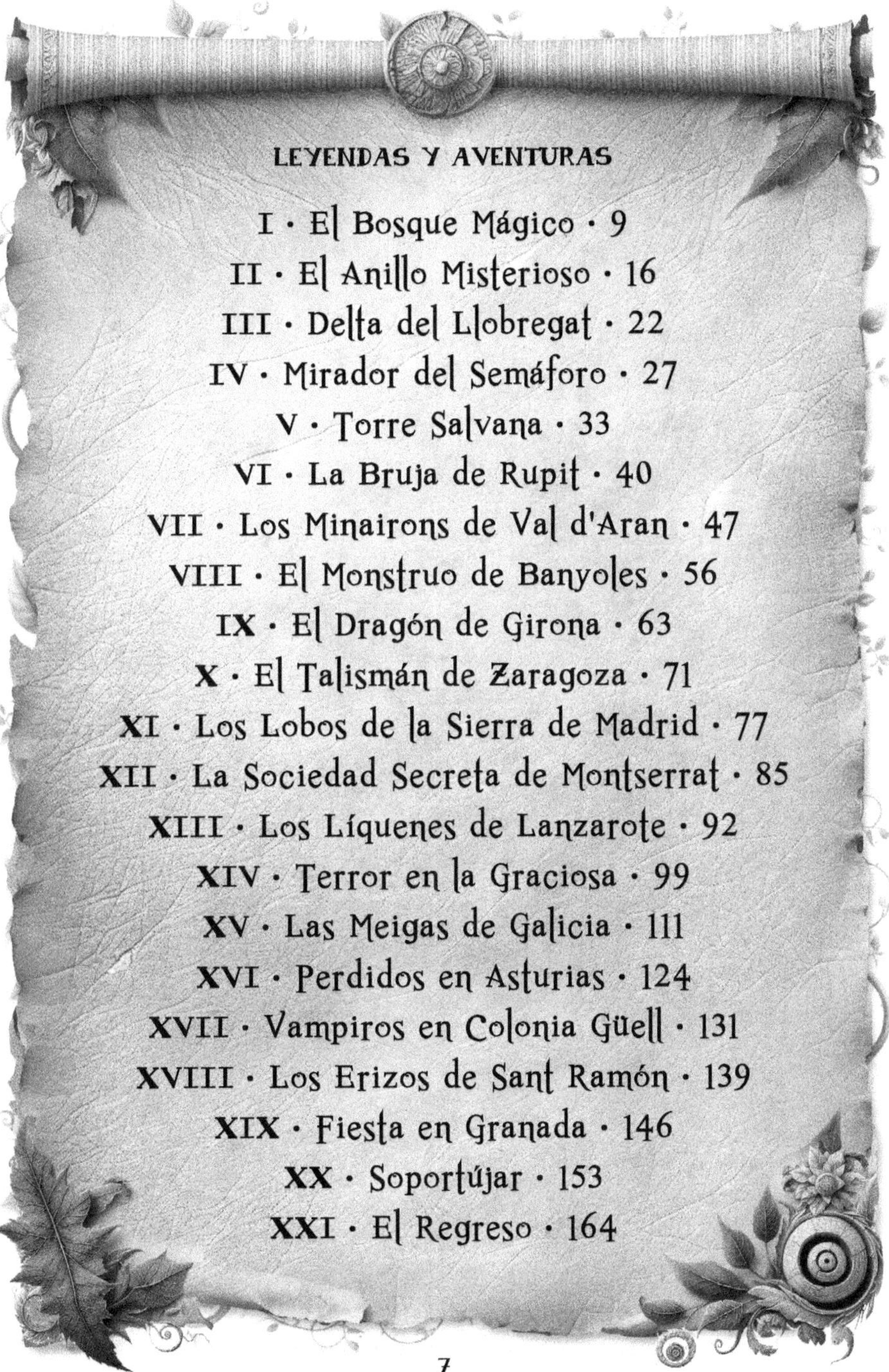

LEYENDAS Y AVENTURAS

CAPÍTULO I
El Bosque Mágico

En lo más profundo del Bosque Mágico, donde los árboles son tan altos que las ramas parecen tocar las nubes y las mariposas vuelan al ritmo de la melodía del canto de los pájaros, vive un duende llamado Eleuterio.

Eleuterio es un duende muy pequeño y delgado, con unos ojos marrones brillantes que siempre están llenos de alegría. Su rostro rodeado de barba siempre se ilumina con una sonrisa simpática. Tiene unas orejas puntiagudas que le dan un aspecto aún más diminuto y travieso. Lleva un gorro de color beige en forma de pico, que tapa un poco su cabello castaño oscuro y desordenado. Le encanta vestirse con una capa de color azul que cae sobre sus hombros y le llega hasta la mitad de su espalda, siendo su prenda más distintiva que lo hace destacar entre los demás duendes. También viste ropa de color verde intenso que combina perfectamente con su capa, y unos pantalones negros que le permiten moverse con facilidad. Sus botas terminan en punta y son de color marrón oscuro.

Eleuterio también destaca entre otros duendes por su encanto y carisma, siempre está dispuesto a sumergirse en aventuras y disfrutar de momentos divertidos siendo conocido por su papel como protector de la naturaleza y guardián de los antiguos secretos ocultos del Bosque Mágico.

Vive en el interior de una gigantesca secuoya que tiene más de 1.230 años de edad. Su hogar es un lugar mágico y tranquilo, donde la naturaleza y la magia se unen en perfecta armonía. En la entrada de su casa hay una puerta de madera adornada con flores, piñas y hojas de arce, lo que la hace parecer una obra de arte natural. Al entrar, el interior está lleno de tesoros antiguos y objetos mágicos. Hay una gran mesa de roble en el centro de la habitación con un mapa antiguo del bosque y una brújula dorada. Alrededor de la mesa, hay estantes de madera de pino tallada llenos de libros antiguos y pergaminos desgastados por el tiempo. La casa de Eleuterio está iluminada por farolas de cristal que cuelgan de la secuoya, y una luz cálida y mágica que proviene de las velas y las lámparas de aceite. Los objetos mágicos brillan con un resplandor especial en esta iluminación suave.

ELEUTERiO

Entre los objetos que tiene Eleuterio en su casa se encuentra una caja de música que toca una melodía dulce y melancólica, una pluma mágica que escribe en un libro sin necesidad de tinta y una jarra que siempre se llena de agua fresca y cristalina.

En un rincón acogedor de la casa está la zona de descanso de Eleuterio donde hay una cama rodeada de estantes de libros antiguos y jarrones llenos de flores silvestres. Desde su cama, puede ver la luz de las farolas en su jardín que iluminan el camino hacia su casa asomándose a una pequeña ventana.

Eleuterio pasa los días estudiando tesoros antiguos, leyendo los pergaminos que guarda en su casa además de salir al bosque para proteger a los animales y asegurarse de que nadie dañe los árboles y las plantas del lugar. Los pájaros y los animales siempre lo visitan en busca de comida y compañía y, además, tiene en el jardín una pequeña casa destinada para cuidar a los pajaritos caídos de los nidos de los árboles cercanos, donde Eleuterio los alimenta y los cuida con paciencia y dedicación.

El jardín de Eleuterio es hermoso, con diferentes plantas que crecen en macetas y en el suelo. Las hojas de los árboles forman un dosel sobre el jardín, creando un ambiente fresco y agradable para vivir. También tiene su propio viñedo donde cosecha las uvas y prepara su propio vino tinto, le gusta beberlo en las noches frías mientras mira las estrellas brillantes en el cielo. A Eleuterio le encanta recolectar bayas de todo tipo: moras, cerezas, fresones y todas las frutas que puede cultivar y también recolecta semillas de las plantas que crecen en su jardín y las distribuye por todo el bosque para que otros animales puedan disfrutar de ellas. Junto al jardín hay un camino que serpentea a través del bosque donde llega a un río cristalino y rico en vida, con muchos peces y criaturas que lo habitan.

El Bosque Mágico es un lugar maravilloso lleno de vida, color y energía que te anima a descubrirlo. Los árboles del bosque son altos y frondosos, las hojas crujen con cada paso y los rayos del sol se filtran entre las ramas. Son majestuosos y antiguos, muchos de ellos llevan allí durante siglos. Sus ramas están llenas de vida, con pájaros y ardillas correteando de rama en rama. Las raíces se extienden por el suelo, formando pasadizos secretos y escondites ocultos. Eleuterio conoce cada rincón del bosque como la palma de su mano.

Las flores en el bosque son como ninguna otra en el mundo, sus pétalos son de colores brillantes y tienen formas extrañas. El rocío de la mañana se acumula sobre los pétalos, creando pequeñas gotas de agua que brillan como diamantes bajo el sol.

Cuando Eleuterio camina hacia lo profundo del bosque, encuentra cascadas escondidas, cuevas y pozos de agua cristalina. En su camino, a menudo se topa con criaturas mágicas que viven en armonía en el bosque, trabajando juntas para crear un lugar mágico y lleno de vida. Él disfruta al caminar por los senderos, saludando a las hadas, gnomos, elfos y otras criaturas mágicas que habitan en él. Cada día es una aventura, una nueva oportunidad para descubrir algo nuevo y maravilloso.

Eleuterio sabe que el bosque es un lugar especial, un lugar lleno de magia y maravilla, donde el tiempo parece detenerse. Cada día se siente afortunado de vivir allí y ser parte de la comunidad mágica que habita el bosque.

A pesar de su pequeño tamaño, Eleuterio es muy inteligente y a menudo ayuda a otros duendes y animales en el bosque cuando necesitan orientación o consejos. La edad de Eleuterio siempre ha sido un misterio, ya que los duendes viven durante siglos. Pero se dice que ha vivido en el Bosque Mágico durante muchas generaciones y que su conocimiento sobre el bosque es inigualable.

Hoy hace un día maravilloso y Eleuterio se levanta de su diminuta cama y sale de su hogar en la secuoya gigante para comenzar un nuevo día. Mientras se dirige hacia su jardín, admira la belleza del Bosque Mágico que lo rodea. Los rayos del sol brillan a través de las copas de los árboles y los pájaros cantan alegremente. Es un día perfecto para salir a pasear y vivir una de sus aventuras.

A Eleuterio le gusta mucho su vida en el bosque y le conocen todos, pero a veces se siente muy triste por estar solo. Mientras camina por el bosque, Eleuterio encuentra un tronco de roble caído. Observándolo detenidamente, decide que puede hacer algo para dejar de sentirse así. Lo recoge, lo lleva a casa y trabaja en él día y noche, tallándolo y poniendo todo su corazón y alma en la tarea.

Después de muchas semanas de trabajo y esfuerzo, una especie de robot de madera está listo. Eleuterio lo mira con orgullo, sabiendo que lo ha creado a través de su ingenio y creatividad. Pero falta algo. El robot está inmóvil, no tiene vida. Con un poco de magia y un hechizo, hace que el robot cobre vida. Eleuterio recita el siguiente hechizo levantando sus brazos hacia el cielo:

> "Bajo la luna plateada y en la penumbra de la noche, ruego que este robot esculpido en madera se llene de vida, para ser mi amigo y guardián de este rincón de magia y encantamiento."

Tras una gran iluminación en el entorno, el robot, que está construido con la madera del bosque y elementos que Eleuterio ha recogido para mantener limpio el lugar, cobra vida y adquiere conciencia.

Eleuterio le ha dado una nueva vida al árbol.

TRONQUiTO

—¡Hola! ¿Me escuchas? Has cobrado vida... Tronquito —dice Eleuterio sin pensar.

—¿Quién soy? ¿Dónde estoy? ¿Quién eres? —pregunta el robot asustado e intrigado.

—¡Tron... Tronquito! ¡Tu nombre es Tronquito! Yo soy Eleuterio, el duende que te creó y te dio vida. Estás en mi casa que ahora es tu casa también. Vivimos en el Bosque Mágico —dice Eleuterio sonriendo.

—¿Creado? ¿Por ti? —dice Tronquito muy asombrado.

—Sí, amigo. Te he construido a través de elementos del bosque y gracias a la magia pude darte vida en este cuerpo para que puedas explorar y disfrutar de la belleza del bosque —le explica Eleuterio con alegría.

Tronquito mirando a los ojos brillantes de Eleuterio, procesa la información y le agradece a Eleuterio lo que ha hecho y en que lo ha convertido. En ese instante, se levanta y nota que puede mover el cuerpo, sus brazos, piernas, cabeza, está muy asombrado. —¡Puedo moverme, puedo caminar, puedo tocar cosas! Eleuterio, siento algo mágico en mi interior. ¡Estoy sintiendo la felicidad! —exclama Tronquito asombrado y acariciando un corazón de madera tallado en su cuerpo.

—Pues esto acaba de empezar Tronquito, vamos fuera de casa. Voy a enseñarte el bosque y a todos sus habitantes. Van a estar muy felices de conocerte —dice Eleuterio alegre y con lágrimas de emoción en sus ojos.

En el bosque, todos conocen a Tronquito, la creación singular de Eleuterio. Sus características son únicas y reflejan el ingenio de su creador.

En su cabeza, Tronquito lleva un sombrero negro adornado con una cinta hecha de hojas de maíz, que le otorga un toque natural y distintivo. Sus ojos son representados por tuercas que le confieren un aspecto peculiar, mientras que su sonrisa de oreja a oreja añade un aire amigable a su apariencia. Sus orejas consisten en pequeños ganchos de metal, complementando su diseño único. Los brazos y piernas articulados de Tronquito son robustos y flexibles, lo que le permite realizar diversas tareas con precisión y fuerza cuando es necesario. En el centro de su estructura, destaca un corazón de madera tallado por Eleuterio, que brilla en un tono rojo vibrante, simbolizando la pasión y el ingenio detrás de su creación.

Tronquito es una expresión de la creatividad y la conexión con la naturaleza de Eleuterio, quien ha dado vida a este robot único a partir de los tesoros del bosque y su propia habilidad artesanal y magia ancestral.

CAPÍTULO II
El Anillo Misterioso

Después de varias semanas, Eleuterio y Tronquito se han convertido en mejores amigos. Juntos exploran el bosque, cuidan a los animales, hacen bromas y comparten secretos. Sin embargo, con el tiempo, Tronquito se ha vuelto más independiente y pasa tiempo fuera de casa junto a otros pequeños animales del bosque.

—¿Qué te parece el día de hoy, Tronquito? —pregunta Eleuterio.

—¡Es maravilloso, Eleuterio! El sol brilla con fuerza y el bosque está lleno de cantos de pájaros y alegría. Tengo muchas ganas de salir —dice Tronquito muy emocionado.

—Me alegra escucharte decir eso aunque a veces estoy bastante preocupado. Parece que ya no necesitas tanta ayuda, Tronquito —dice Eleuterio sintiendo una mezcla de tristeza y orgullo al ver el crecimiento de su amigo.

—¿Por qué Eleuterio? Aunque ahora sea más independiente y pueda salir al bosque yo solo, siempre seremos amigos y estaremos unidos. No hay que preocuparse de nada. Este es mi hogar y tu eres mi creador y mejor amigo —dice Tronquito acariciando el hombro de Eleuterio.

—Sí, es cierto, Tronquito, pero tengo temor de que te ocurra algo. En el Bosque Mágico hay criaturas y muchas maravillas que aún no conoces. Todavía debo enseñarte muchas cosas. Si llegara el día en que deba abandonar el Bosque Mágico, confiaré en ti como guardián y espero que protejas todo lo que te he enseñado mientras yo no esté —dice Eleuterio sonriendo.

—¡Claro que sí, Eleuterio! Yo vengo de la naturaleza y la protegeré siempre. ¿Pero, a dónde vas a ir? —pregunta Tronquito mirando a Eleuterio con curiosidad.

—No me iré a ningún sitio, Tronquito, así que no te preocupes por eso. Pero como sabes, en este bosque siempre pueden surgir situaciones inesperadas con alguno de sus habitantes. Y cuando eso ocurre, el día o la noche pueden alargarse más de lo esperado mientras resolvemos cualquier problema que pueda surgir —dice Eleuterio, intentando transmitir tranquilidad mientras reconoce que el bosque puede ser muy imprevisible y que es importante estar preparados para cualquier situación.

En este momento, Tronquito abraza a Eleuterio, reconociendo la fuerza de su amistad. Juntos, salen de casa para recolectar bayas como espino amarillo, moras y arándanos en el Bosque Mágico para luego entregárselas a los animales más necesitados del bosque.

Tronquito es el encargado de repartir la comida entre los animales, mientras tanto, Eleuterio sale a pasear ansioso por descubrir nuevos tesoros en la naturaleza que tanto ama. Al adentrarse en el bosque, hace una pausa en un arroyo, donde se detiene a contemplar la danza de los peces en sus aguas cristalinas mientras escucha los aleteos de los colibrís, creando un zumbido musical que llena el aire con un encanto mágico y constante. De repente, un susurro en los arbustos lo alerta, y con cautela, se asoma para descubrir de dónde viene este misterioso sonido.

—¿Qué será ese susurro? Mejor lo investigo —piensa Eleuterio asomándose entre los arbustos.

Eleuterio se acerca cauteloso y, para su sorpresa, descubre a un grupo de trolls bastante nerviosos y asustados.

—¡Vaya, trolls en el bosque! Esto no sucede todos los días —dice Eleuterio en voz baja.

Intrigado, se acerca y con curiosidad les pregunta. —¿Qué les preocupa tanto, amigos trolls?—

Uno de los trolls, el más pequeño pero con una voz potente, responde con angustia. —Estamos buscando desesperadamente a nuestro amigo Grimbol, ¡Se nos perdió en este bosque enmarañado!—

—¡Oh, eso suena complicado! Pero no se preocupen, estoy aquí para ayudarles. ¿Cómo es Grimbol? ¿Tienen alguna pista de por dónde podría haber ido? —pregunta Eleuterio con valentía.

Los trolls, agradecidos por la oferta de ayuda, comienzan a describir a Grimbol y a explicar la última vez que lo vieron. Eleuterio escucha atentamente, y se une a la misión. —Grimbol es grande y peludo, con ojos brillantes y un sombrero verde. Siempre anda con su martillo favorito —dice el troll grande suspirando.

—Entendido. ¡Nos pondremos en marcha para encontrar a Grimbol! —dice Eleuterio asintiendo.

Eleuterio junto al grupo de trolls comienzan la búsqueda en el Bosque Mágico. A medida que avanzan, Eleuterio les sigue preguntando sobre el troll desaparecido.

—¿Grimbol solía frecuentar algún lugar en particular? —pregunta Eleuterio pensativo.

—¡Sí, le encanta la clara fuente de agua en el claro del bosque! —exclama sonriendo el troll pequeño recordando a su amigo.

Siguiendo la pista y guiados por Eleuterio llegan al claro donde se encuentra la fuente. Eleuterio observa detenidamente y señala hacia un sendero misterioso. —Creo que hay algo allí. ¡Vamos a seguir ese camino!—

Avanzan por el sendero y se encuentran con un puente antiguo, pero algo no parece estar bien. Eleuterio, siempre atento, señala hacia abajo. —Miren, ¿Eso es el sombrero verde de Grimbol? —pregunta algo nervioso.

—¡Sí! ¡Es el sombrero de Grimbol! ¿Cómo llegó hasta ahí? —dice el troll grande con preocupación.

—Creo que necesitamos cruzar este puente para encontrarlo. Pero con cuidado, parece estar un poco inestable —dice Eleuterio pensativo.

El grupo de trolls se prepara para cruzar el puente, enfrentándose a un desafío más en su búsqueda de Grimbol en el bosque. Eleuterio lidera el camino, probando cada paso con cuidado.

—Este puente no parece muy seguro —dice el troll grande con preocupación.

—¡Vamos, con cuidado! Juntos vamos a superar esto —dice Eleuterio animando al grupo.

Cruzando lentamente el puente, enfrentan el viento susurrante y los crujidos de la madera antigua. Después de unos momentos de tensión y más rápido de lo que pensaban, logran llegar al otro lado.

—¡Lo hicimos! Ahora, a seguir buscando a Grimbol —dice el troll pequeño aliviado.

Después de muchas horas de exploración y búsqueda entre arbustos, árboles y lagunas finalmente descubren a Grimbol atrapado en una cueva oculta en el suelo.

—¡Aquí está Grimbol! Está atrapado en esta cueva. ¡Tenemos que rescatarlo! —exclama Eleuterio.

—¡Grimbol, tranquilo, ya estamos aquí! ¡Oh, gracias, Eleuterio! —dice el troll pequeño alborotado.

Eleuterio toma una liana de un árbol y se la lanza a Grimbol. El troll se agarra a ella y entre todos tiran con fuerza para sacar a Grimbol de la cueva. Tras ser rescatado, Grimbol agradece a todos y en especial a Eleuterio que le haya salvado la vida y explica que mientras estaba persiguiendo a una mariposa monarca para jugar con ella se cayó en la cueva y quedó atrapado.

—Eleuterio, no sabemos como agradecerte la ayuda que nos has ofrecido. Gracias a ti hemos podido encontrar a Grimbol sano y salvo —dice el troll grande entusiasmado.

Los trolls, emocionados por el rescate, quieren agradecérselo a Eleuterio y en ese momento, sacan una bolsa de tela y se la entregan.

—¡Oh, muchísimas gracias pero no es necesario! ¿Que hay dentro? —pregunta Eleuterio.

—Es un regalo que debes aceptar. Abre la bolsa cuando estés en tu hogar. Es mejor que no pierdas nada de lo que hay dentro —dice el troll Grimbol sonriendo.

—Ahora, si alguna vez necesitas ayuda, sabes dónde encontrarnos —dice el troll grande.

—¡Lo tendré en cuenta! Pero por ahora, creo que es hora de regresar a casa —dice Eleuterio abrazando a cada uno de los trolls.

Después de despedirse de ellos, Eleuterio se encamina de vuelta a su hogar en la imponente secuoya gigante. —Ha sido una gran aventura. Estoy contento de haber ayudado y de haber hecho nuevos amigos —dice Eleuterio hablándose a sí mismo mientras camina por un camino serpenteante en el bosque de vuelta a casa.

Eleuterio llega a su hogar, con el corazón lleno de alegría por la amistad encontrada y al llegar, es recibido por su leal amigo, Tronquito. Una vez en el interior le explica a Tronquito la aventura que ha vivido con los Trolls y junto a él, abre la bolsa de tela. Cuando la vacían ven que son joyas y monedas.
Mientras intentan conocer el origen de estas monedas, Eleuterio descubre un misterioso anillo dorado y resplandeciente que le llama mucho la atención por el misterioso brillo de la piedra preciosa que lleva.

Recordando una información leída en algún libro, decide investigar. Tras buscar en varios tomos, junto a la ayuda de Tronquito, finalmente Eleuterio encuentra la referencia necesaria en uno de ellos: el anillo mágico, capaz de transportar a su poseedor a otros mundos. Entusiasmado por conocer estos mundos, Eleuterio comparte su descubrimiento con Tronquito, quien, a pesar de sentirse preocupado por la seguridad de su amigo, le asegura que cuidará de la hogareña secuoya y el Bosque Mágico cuando quiera visitar esos lugares. Puede estar tranquilo. Tronquito, en ese momento, le pone el anillo en la mano a Eleuterio y le dice que lo pruebe y conozca si es real esa magia. Eleuterio, con el anillo en su mano y dudando si hacerlo o no, pronuncia las palabras escritas en un idioma antiguo que aparecen en el libro.

"Portator aeternus, antiquus splendet, verba custos, magica et annulus cum vento aquae gyris, luna et stellae fulgor, cum luce incantationum."

De repente, Eleuterio se ve envuelto en una luz resplandeciente y todo a su alrededor empieza a cambiar. Tronquito, asustado intenta agarrar del brazo a Eleuterio, pero desaparece.

CAPÍTULO III
Delta del Llobregat

Cuando la luminosidad se desvanece, Eleuterio se encuentra en un lugar inexplorado para él. Lo más extraño es que al llegar a este lugar, el anillo mágico ha desaparecido misteriosamente de su mano.

Confundido y desorientado, Eleuterio ve que el anillo está en el suelo, muy cerca de él. En ese mismo instante, una bruja malévola montada en una especie de mortero gigante con una inusual escoba de madera, en un hábil movimiento, coge el anillo del suelo y se eleva hacia el cielo, desapareciendo en cuestión de segundos. Eleuterio, asustado y todavía confundido, sale corriendo tras la bruja.

Aunque la velocidad de Eleuterio es tan rápida que el ojo humano no puede percibirla, la bruja logra escapar volando con una agilidad sobrenatural. Eleuterio se esfuerza por alcanzarla, pero la bruja malévola desaparece en el horizonte, llevándose consigo el anillo que los trolls le regalaron. Después de perderla de vista, Eleuterio se da cuenta de que está en un lugar desconocido, con paisajes tan encantadores como misteriosos.

Tras caminar intentando encontrar alguna pista sobre esta misteriosa bruja, llega a un lugar donde se encuentra unas casas de madera donde viven miles de abejas, un lugar donde parece que son cuidadas con esmero. Mientras Eleuterio observa el bullicio de las abejas y la armonía del lugar, de repente escucha unos pasos acercándose. Para su sorpresa, se encuentra con un duende que se presenta como Maverik.

Maverik es un duende mágico de pequeña estatura y delgado, su personalidad rebosa encanto y alegría. Su cabello es morado, y siempre está alborotado y puntiagudo, lo que le otorga un toque juguetón a su apariencia. Sus ojos son de diferentes colores, uno es azul y el otro es marrón, iluminando su rostro con felicidad y simpatía. Las orejas de Maverik son grandes y puntiagudas, asomándose entre los mechones morados y añadiendo un toque distintivo. Viste con una túnica naranja larga hasta las rodillas que resalta su presencia con una cuerda negra atada a la cintura. Debajo de la túnica, lleva un traje ajustado que cubre sus brazos y piernas, de color lila oscuro. Completa su atuendo con unos zapatos puntiagudos de color amarillo, creando un conjunto lleno de colores vivos.

MAVERiK

23

Con su rostro amigable, sus ojos mágicos y su conjunto lleno de vida, Maverik se destaca como un duende encantador no solo por su apariencia, sino también por su carácter y personalidad vibrante.

Este amable duende se sorprende al ver a Eleuterio y le saluda amigablemente. Le explica que cuida de la naturaleza y de la zona del Delta del Llobregat, el lugar donde se encuentran. Con pasión en sus palabras, Maverik le explica que se dedica a limpiar y recoger plásticos del río y a cuidar a las tortugas, patos, abejas, caballos y flamencos, entre otros animales que viven allí, intentando contrarrestar el daño que los humanos causan al medio ambiente.

—¿Y tú? ¿Quién eres? ¡Cuéntame! —dice Maverik sonriendo.

—¡Hola, encantado, Maverik! —responde Eleuterio, asombrado. —Yo me llamo Eleuterio. Vivo en un bosque mágico y también amo la naturaleza. Soy muy feliz con todos los animales del bosque y sus habitantes, los ayudo siempre que me necesitan. Dicen que soy el más valiente y que puedo enfrentarme a cualquier enemigo pero ahora mismo estoy bastante confundido. Me puse un anillo que me regalaron unos trolls y de repente he aparecido en este lugar. No sé dónde estoy.

—¿En serio? ¿Tienes el anillo mágico? —pregunta Maverik.

—No, ahora no. En el momento en el que llegué a este lugar, vino una bruja montada en un mortero gigante de madera y una escoba y me lo robó. Se me cayó al suelo y apareció muy rápidamente. Se fue volando. ¿Sabes algo sobre esta bruja? Estoy muy preocupado —explica Eleuterio angustiado.

—He oído hablar sobre ese anillo mágico Eleuterio, es muy poderoso. También se quien es esa bruja, es muy peligrosa, su nombre es Baba Yaga. Cuando llegué aquí, las tortugas me explicaron que hace muchos años contaminó el río y quiso acabar con todas las especies de animales.
Por suerte, entre todos lo recuperamos y todavía está volviendo a la normalidad. Baba Yaga debe estar tramando algo maligno. Tenemos que detenerla —responde Maverik, con preocupación en su voz.

Después de un breve momento de reflexión, Maverik recuerda las historias que los caballos del Delta le han contado sobre un troll que reside en las proximidades, aunque nadie lo ha visto recientemente.
Esta ausencia le despierta inquietud, especialmente ahora que Baba Yaga ha aparecido en la zona.

Preocupado por la posibilidad de que el troll haya sido afectado de alguna manera, Maverik le comenta a Eleuterio que deberían ir a visitarlo, conscientes de que se adentran en un territorio desconocido y de la incertidumbre que rodea al encuentro con un ser tan misterioso.

Eleuterio asiente, comprendiendo la importancia de saber si Baba Yaga le hizo algo a este troll o incluso si están relacionados y están tramando algo. Juntos, se dirigen hacia la zona donde supuestamente reside el misterioso ser, preparados para enfrentar cualquier situación desconocida que pueda surgir en su camino.

CAPITULO IV
El Mirador Del Semáforo

Los duendes Eleuterio y Maverik comienzan a caminar hacia la zona donde vive el misterioso troll. A medida que avanzan y se acercan al lugar, Eleuterio observa el paisaje y se da cuenta de que la distancia no es tan lejana como pensaba. Esta cercanía lo lleva a reflexionar sobre el motivo por el que Maverik nunca ha visitado ese lugar en el pasado. Intrigado, Eleuterio decide preguntarle a Maverik mientras llegan al territorio del troll.

—¿Por qué nunca has explorado esta zona, Maverik? Está cerca de donde estabas —pregunta Eleuterio con curiosidad.

Maverik, revela su temor al mar y admite no haber explorado nunca aquel lugar. Aunque había oído ruidos, la proximidad al agua le impedía investigar.

—Siempre he sentido cierto temor al mar. Los sonidos que provienen de esa dirección me ponen nervioso. Por eso, evité adentrarme en esta parte del territorio —confiesa Maverik con una mezcla de vergüenza y sinceridad.

En ese mismo instante, se adentran a una zona de arena de playa y plantas. Después de cruzar un puente hecho de madera, llegan a la entrada de la casa del troll. Es un edificio viejo hecho de ladrillos y barro, que parece haber sido abandonado hace mucho tiempo.

—¿Hola? ¿Quién hay ahí? —pregunta el troll desde la lejanía.

—Hola, somos dos duendes, no vamos a hacerte daño. Queremos saber si estás bien y conocerte. ¿Podemos pasar? —dice Eleuterio con amabilidad.

De repente, el troll aparece frente a ellos. Es un Troll pequeño y peludo, quien disfruta de su comida, alcachofas, mientras los mira sorprendido. —¡Hola! ¿Quiénes sois? Hace décadas que no veo a ningún ser como vosotros aquí. No sé si es real lo que estoy viendo o es que estoy soñando—.

NÓRUZ

Eleuterio y Maverik se presentan y le explican quienes son y lo que había sucedido con el anillo mágico y Baba Yaga. El troll les invita a que entren a su casa y les ofrece comida, mientras revela su identidad, su soledad y su admiración por los seres elementales. Su nombre es Nóruz.

Nóruz es un troll muy pequeñito que es de Noruega. Su carita es redonda, siempre está sonriendo, y tiene unos mofletes y una nariz muy grandes que siempre están rosados. Sus ojitos marrones brillan debajo de su pelo peludo, que es de un color marrón oscuro y está siempre despeinado.
A Nóruz le encanta vestirse con un mono verde y andar descalzo, mostrando sus pies grandes. Además, le encanta comer y disfruta de cada bocado, lo que lo hace tener barriguita, le hace muy feliz.
También tiene una colita pequeña que termina con pelos en la punta, y que se mueve de un lado a otro de manera muy graciosa.
Con su personalidad alegre y su manera de romper los estereotipos de los trolls, Nóruz siempre contagia alegría a quienes lo rodean. Es un pequeño ser encantador que siempre está dispuesto a sacar sonrisas.

Eleuterio, aunque ya no desconfía, quiere investigar más sobre él y le pregunta sobre su soledad. —¿Nóruz, llevas mucho tiempo solo o conoces a alguien más? —pregunta Eleuterio, con curiosidad en su voz, mientras observa al troll y prueba sus alcachofas.

Nóruz suspira y mira hacia el horizonte antes de responder.
—Cuando era pequeño y tenía 100 años, vivía en Noruega. Un día, mi padre decidió emprender un viaje en su barco junto a toda mi familia y mis amigos. Estaba muy nervioso, ¡Era mi primer viaje! Me encantaba disfrutar del paisaje y conocer los lugares hermosos que visitaba. Recorrimos muchos países y culturas juntos. Una noche, mientras navegábamos desde Portugal y pasábamos por el estrecho de Gibraltar, nos sorprendió una tormenta terrible.
Yo estaba asustadísimo en mi habitación, tratando de calmarme comiendo patatas. Siempre me entra hambre cuando me pongo nervioso y como algo. De repente, un rayo golpeó el barco y comenzó a hundirse. Me desmayé y, cuando me desperté encima de una tabla de madera, era de día y me encontraba en la orilla de esta playa, junto al Delta del Llobregat. Empecé a llorar y busqué a mis padres y amigos, pero no los encontré. Empezó a atardecer y a refrescar y vi que en este edificio abandonado me podría refugiar. Desde ese momento supe que tenía que vivir aquí. Aprendí a cazar peces y encontré refugio en esta casa abandonada, convirtiéndola en mi hogar. Con el paso del tiempo supe que le llaman el Mirador del Semáforo. Me protegía de la lluvia y el mal tiempo, pero estaba muy solo, esperando a que mis padres aparecieran. Por las noches, lloraba mirando al mar mientras comía alcachofas que encontraba por la zona. Poco a poco, me acostumbré a vivir solo. A veces venía gente, pero yo siempre me escondía, observándolos desde lejos. Pasaron muchos años hasta que un día apareció

un pequeño jabalí. Al principio, me asusté pensando que venía a robarme la comida, pero resultó ser Hog.

Hog y yo nos hicimos muy amigos. Me explicó que también había perdido a su familia y vivía solo. Él me traía comida y juntos disfrutábamos de nuestra compañía. Siempre me explica historias de lo que sucede fuera de aquí y en las montañas. Yo nunca he salido de esta zona, quiero esperar a ver si algún día llegan mis padres.

Gracias a esta experiencia aprendí que, aunque la vida nos haya separado de quienes amamos, siempre podemos encontrar nueva compañía y alegría en los amigos que llegan a nuestro camino—.

—Madre mía, qué historia más triste. La verdad es que no se que decirte. Estoy sorprendido por lo fuerte y valiente que eres, Nóruz. Nunca debes perder la esperanza, pero también debes disfrutar de cada momento en el presente y ser feliz —dice Eleuterio asombrado.

—Nóruz, siento estropear este momento pero creo que debemos irnos, no sabemos todavía nada sobre Baba Yaga. Vivimos muy cerca y podemos vernos en otro momento —dice Maverik levantándose y preparándose para irse.

—Un momento. No sé cómo decíroslo, pero hace tantos años que no he visto a nadie como vosotros... Me encantaría acompañaros y ayudaros en la búsqueda de esa bruja, pero, ¿Y si recibo alguna noticia sobre mi familia? —dice Nóruz con vergüenza y tristeza.

En ese instante, Eleuterio le toca el hombro a Nóruz y le sonríe.

—Te vamos a proponer algo, Nóruz —dice Eleuterio mirando sonriente a Maverik.

—Gracias a Eleuterio, yo he superado el temor a acercarme al mar porque me daba miedo, y aquí estoy, en tu hogar junto a la orilla del mar. Ahora es tu turno. Nosotros te ayudaremos a explorar más allá de esta zona, te vamos a cuidar. Mientras no estés, Hog puede vigilar y cuidar todo esto para que estés tranquilo —le sugiere Maverik.

A Nóruz se le ponen los ojos con lágrimas y sonríe mientras les dice que le parece una buena idea. Está muy ilusionado y nervioso. —Lo siento amigos, pero como os he explicado, los nervios me hacen tener mucha hambre, voy a por más alcachofas —dice Nóruz mientras camina hacia otra habitación.

Al volver de la habitación, Nóruz recuerda que Hog, su amigo jabalí, es amigo de otro troll de un pequeño pueblo llamado Colonia Güell, que quizás puede tener información sobre Baba Yaga.

Eleuterio entusiasmado, le pregunta cómo pueden obtener la información de este troll.

—Nóruz eso es genial. Pero, ¿Cuándo vamos a poder hablar con Hog? Ya es tarde y yo no se donde voy a dormir —dice Eleuterio preocupado.

—Podéis quedaros aquí esta noche. Mañana por la mañana vendrá Hog a visitarme como cada dos días y me traerá algo de comer. Podremos descansar y mañana tendremos la información antes de salir a conocer a ese troll —propone Nóruz, con esperanza en su voz.

Eleuterio, ansioso por resolver el misterio y recuperar el anillo mágico, decide junto a Maverik quedarse a dormir en casa de Nóruz. Aun así, Eleuterio se mantiene triste durante toda la noche al no saber qué pensarían sobre su desaparición Tronquito, todos los animales y los habitantes del Bosque Mágico.

CAPITULO V

Torre Salvana

Tras una larga noche para Eleuterio, abre los ojos y el sol ya ilumina la habitación. En ese momento escucha unos pasos muy rápidos y una voz que no conoce. Es el jabalí Hog, que ha llegado a casa de Nóruz.

Nóruz lo presenta y le explica la situación. Hog les informa de la ubicación de la casa de su amigo troll y le dice a Nóruz que no se preocupe, él cuidará de su casa durante su ausencia y podrá estar tranquilo.

—¿Estáis listos para la aventura, amigos? —pregunta Nóruz mientras llena una mochila con comida que le ha traído Hog.

—¡Por supuesto! ¡Vamos a Colonia Güell! — responde Eleuterio ansioso.

Tras un largo camino, hablando de sus vidas, compartiendo historias y riendo juntos, Eleuterio, Maverik y Nóruz llegan a Colonia Güell con gran emoción. A lo lejos ven unos pinos muy altos; tal como les indicó Hog, allí se encuentra el hogar del troll.

Al llegar a la puerta de la casa, golpean con entusiasmo y escuchan una voz que responde desde el interior. Después de unos segundos, la puerta se abre y aparece Flurry, el troll amigo de Hog.

Flurry es un troll pequeño originario de Dinamarca, dedicado a la construcción, reparación de edificios y arreglo de objetos diversos. Tiene una melena larga y gris que se alza hacia arriba, con grandes ojos redondos y negros. Siempre lleva consigo sus herramientas por si surge la necesidad de reparar algo. Prefiere moverse descalzo, ya que estos seres se desplazan más rápido sin zapatos.
Viste unos pantalones de color azul claro y una camiseta gris. Flurry es extremadamente valiente y no duda en enfrentarse a cualquier desafío. Gracias a su hermano mediano, es tecnológicamente avanzado y lleva consigo un pequeño dispositivo similar a un móvil para poder contactar rápidamente y ayudar a los demás.
Tiene de mascota a un reno pequeño llamado Ulfik. En su familia, es una tradición regalar un reno a cada miembro al nacer, para que crezca junto a él y lo acompañe durante toda su vida.

FLURRY

—¡Hola! ¿Quienes sois? ¿Necesitáis reparar algo? Soy Flurry, bienvenidos —dice Flurry sonriendo.

—Hola Flurry, encantado yo soy Eleuterio, él es Maverik y el Nóruz —dice Eleuterio señalando a cada uno de sus amigos.

—Venimos de parte de Hog, el jabalí. Yo soy amigo de él desde hace muchos años y me ha hablado mucho de ti. Hemos venido por… —dice Nóruz mientras Flurry le interrumpe. —¿No serás el troll de las patatas? Hog siempre viene a buscarlas aquí para llevártelas. Te tiene un gran aprecio, se que eres un gran amigo suyo —dice Flurry con una gran sonrisa y sorprendido.

—¡Sí! ¡Ese soy yo! —exclama Nóruz.

—¿Le ha pasado algo a Hog? ¿Por eso estáis aquí? ¿Dónde está Hog? ¿Qué ha sucedido? —pregunta Flurry muy preocupado y asustado.

—No, no pasa nada. Hog está perfectamente. Necesitamos tu ayuda. Si te parece podemos entrar en tu casa y te explicamos el motivo de nuestra visita. ¿Podemos? —dice Maverik tranquilizando a Flurry.

—Si, claro, pasad y me explicáis todo —afirma Flurry mientras abre la puerta.

Mientras comparten historias, se conocen y explican la historia del anillo mágico que Baba Yaga robó, la noche comienza a caer y, entre risas, Flurry revela un secreto que descubrió recientemente. Reuniendo a sus amigos alrededor de la chimenea, Flurry les habla en voz baja sobre el castillo de Torre Salvana, un lugar encantado que se encuentra no muy lejos de allí. Según las leyendas, un antiguo guerrero ha sido atrapado dentro del castillo por una poderosa maldición.

Los ojos de Eleuterio, Maverik y Nóruz se iluminan con fascinación e intriga. Quieren ayudar al guerrero atrapado y liberarlo de su eterna prisión.

Flurry les explica que la única forma de romper el hechizo es encontrar un objeto mágico perdido hace siglos, conocido como la Lágrima de la Luna. Les cuenta que ha escuchado rumores sobre su posible ubicación: está oculta en algún lugar dentro del castillo. Con decisión en sus ojos, Eleuterio, Maverik y Nóruz aceptan el desafío de inmediato. Están convencidos de que unidos pueden enfrentar cualquier problema que encuentren en su camino.

Después de un largo día y con el cansancio acumulado, deciden ir a dormir y pasan la noche en la casa de Flurry.

Al día siguiente, Eleuterio se despierta muy alterado y feliz. Ha soñado con el Bosque Mágico y su amigo Tronquito, pero se da cuenta de que solo era un sueño. Se entristece, pero decide animarse para la aventura que se avecina y para ayudar a su nuevo amigo Flurry.

Todos juntos salen de casa de Flurry hacia Torre Salvana. A medida que se acercan al castillo, pueden sentir la presencia oscura y misteriosa que lo rodea. Las nubes grises cubren el cielo, creando una atmósfera aún más enigmática. El lugar está abandonado y entran por unas puertas muy grandes y pesadas que se encuentran en el centro de dos pequeñas torres de piedra. Las puertas están abiertas y el ligero viento hace que una de ellas se mueva como si estuviera pidiendo que entren.

Una vez dentro del castillo, se encuentran con pasillos laberínticos y habitaciones en ruinas. Cada paso que dan resuena en el silencio sepulcral del lugar. Los amigos están decididos a encontrar la Lágrima de la Luna y liberar al guerrero encarcelado.

—Flurry, este sitio da mucho miedo. ¿Y si os espero fuera por si viene alguien? —pregunta Nóruz temblando.

—Nóruz, no te preocupes, aquí no hay nadie. Todo ocurrió hace más de 700 años —le contesta Flurry.

—¿Y porqué han maldecido al guerrero? ¿Sabes algo más de la historia? —pregunta Maverik a Flurry.

—Sí, quería que llegáramos aquí para explicaros todo y para que sintáis la historia más de cerca, vamos investigando el lugar mientras os la explico. Como os he dicho, hace mas de 700 años, en este castillo llamado Torre Salvana, un valiente guerrero estaba profundamente enamorado de la princesa Catalina, la hija del rey. Con el corazón lleno de esperanza, el guerrero decidió escribir una carta a Catalina para expresarle sus sentimientos y solicitar un encuentro. Confiando en una anciana que afirmaba ser la sirvienta de la princesa, le entregó la carta con la ilusión de ver cumplido su sueño. Catalina, emocionada por la carta, acudió al lugar que le propuso el guerrero. Cuando se vieron, Catalina le dijo que entrara al castillo porque su padre quería conocerlo y que aceptaba su amor. Sin embargo, al llegar, fueron recibidos por un guardián del rey, y junto a Catalina, encerraron al guerrero en el interior de una extraña pared de piedra a través de un hechizo.

Catalina reveló su verdadera identidad: era una bruja que se había transformado en la princesa por órdenes del rey con sus poderes oscuros. Con una risa malévola, lanzó otro hechizo sobre el guerrero, condenándolo a permanecer atrapado en la piedra hasta el fin de sus días, asegurando que ni su espíritu pudiera escapar.

Al enterarse de lo ocurrido, la verdadera Catalina, quien también estaba enamorada del guerrero, lloró desconsoladamente todas las noches, observando la luna llena desde su ventana. Sus lágrimas, mientras caían por la torre, se fusionaron y cristalizaron en una hermosa piedra brillante: la misteriosa piedra Lágrima de la Luna —explica Flurry mientras recorren el castillo con cuidado.

—Yo también me he quedado de piedra al conocer esta trágica historia —dice Maverik asombrado.

—Vaya historia tan triste. La princesa perdió a su amor y el guerrero vio morir a todos mientras estaba encerrado sin poder hacer nada y sin cumplir su sueño. Me pregunto si nos estará observando ahora mismo —comenta Eleuterio.

En ese mismo instante escuchan un grito. Se miran entre ellos asombrados y se dan cuenta de que Nóruz no está entre ellos. Salen corriendo hacia el lugar de donde viene el grito y al llegar, no pueden creer a lo que están viendo.

Nóruz está paralizado en una sala oculta muy oscura donde destaca en un pedestal antiguo y una piedra en forma de lágrima que irradia una luz brillante y maravillosa. Es la Lágrima de la Luna. Con cuidado y respeto, Nóruz toma la piedra entre sus manos. En ese momento, siente una energía poderosa recorrer su cuerpo. Sabe que es el momento de liberar al guerrero atrapado y romper su maldición.

Deciden volver a la sala principal del castillo y Nóruz levanta la Lágrima de la Luna hacia el cielo mientras recita palabras antiguas de liberación:

"Tras muchos años de servidumbre, llegó la redención,
liberando su ánima."

Tras la última palabra, el aire se llena de un resplandor intenso y una ráfaga de energía envuelve al grupo. Cuando la luz se desvanece, el guerrero aparece frente a ellos, ahora libre de su prisión eterna. —¡No es posible! ¡Me habéis liberado! Muchas gracias. No se como agradecéroslo. ¡No me lo puedo creer! Muchas gracias. Gracias. Gracias. ¿Quiénes sois? —dice el guerrero con una voz profunda y llena de gratitud mientras todos están asombrados por lo que había sucedido.

Tras presentarse, el guerrero les promete que siempre estará en deuda con ellos y que los protegerá en cualquier momento de necesidad. Flurry le comenta que podría restaurar el castillo y así convertirlo en su hogar, a lo que el guerrero acepta muy emocionado. Este hermoso edificio abandonado merece una segunda oportunidad.

Con lágrimas de alegría en los ojos, el grupo se despide y vuelven a casa de Flurry. De camino, Eleuterio recuerda que tienen que encontrar el anillo mágico y lo comenta con todos. —Amigos, estoy muy feliz por el día de hoy pero todavía no hemos avanzado en la búsqueda del anillo mágico y creo que cada vez es más difícil dar con él —dice Eleuterio con un tono triste y mirando hacia el suelo.

—Si que hemos avanzado Eleuterio. Pasé toda la noche dándole vueltas a todo lo que me explicasteis y se donde podemos encontrar algo —dice Flurry poniendo una mano en el hombro de Eleuterio. —Hay que ir a un pueblo construido sobre las piedras de una montaña, su nombre es Rupit. Está lejos de aquí pero no os preocupéis, yo os puedo acompañar. Allí viven muchas brujas, no todas son malévolas como explican en las historias, son brujas buenas y estoy seguro que nos darán toda la información que necesitamos para encontrar el anillo—.

Eleuterio, asombrado, abraza a Flurry y le agradece por la información. —Muchas gracias Flurry. ¿Podremos ir mañana? —le pregunta Eleuterio.

—Si, por supuesto. Si estáis de acuerdo, si —afirma Flurry sonriendo. —¡Sería genial Flurry! —exclama Maverik.

—Yo también estoy de acuerdo de ir mañana hacia Rupit, pero ¿Queda mucho para llegar a casa? Tengo hambre —dice Nóruz mientras acaricia su barriga y todos le sonríen.

CAPITULO VI

La Bruja de Rupit

Después de dormir toda la noche, Flurry despierta a Eleuterio, Maverik y Nóruz, diciéndoles que se preparen para ir a Rupit. Mientras tanto, va a ver a su reno, Ulfik, y le explica lo que está pasando.

—Ulfik, necesito ayudar a mis nuevos amigos. Vamos a ir a Rupit. Te dejo bastante comida preparada por si acaso y recuerda si sucede cualquier cosa que puedes contactar conmigo por aquí —le dice Flurry, acariciándolo y mostrándole su aparato electrónico.

—No te preocupes, puedo cuidarme solo. Diviértete en el viaje, Flurry. Ten mucho cuidado —responde Ulfik con una sonrisa.

—Voy a buscar a todos y nos vamos enseguida. Te quiero, Ulfik —dice Flurry, abrazando a su fiel amigo antes de irse a por los demás.

Después de horas caminando, Eleuterio y sus amigos finalmente llegan a la entrada de Rupit, un pueblo mágico donde residen brujas buenas. Flurry, lleno de entusiasmo, lidera al grupo mientras admiran la vegetación y los bosques que rodean el lugar. En este instante, se encuentran con un puente colgante de madera que parece desafiante, sobre un río que fluye por debajo a varios metros de altura.
A pesar de la apariencia intimidante, Flurry, con valentía, anima a sus amigos a cruzarlo. Eleuterio y Maverik comienzan a cruzarlo pero Nóruz parece asustado y está temblando ante la idea de avanzar.

—Vamos, Nóruz, no hay nada que temer —dice Flurry, extendiendo su mano a Nóruz y sonriéndole.

—No se si es buena idea cruzarlo Flurry, el puente se mueve, es muy largo y... —dice Nóruz mientras Flurry le interrumpe. —Juntos lo lograremos, ven, dame tu mano —dice Flurry mientras toma la mano de Nóruz y juntos avanzan sobre el puente, superando el miedo.

Al cruzar el puente, Eleuterio y sus amigos se encuentran con un lugar asombroso. Las casas están construidas sobre las piedras gigantes de la montaña y tienen hermosos balcones de madera adornados con flores y plantas coloridas. Es como entrar en un lugar mágico. Todo parece encantador y lleno de vida. Están maravillados con la belleza de Rupit.

Mientras avanzan por una de las calles con pendiente, se dan cuenta que no tiene salida, y hay una pared que les impide continuar su camino. Ante la sorpresa de tener que retroceder, de repente, un espectáculo mágico comienza a rodearles: pétalos de flores comienzan a caer suavemente, creando una atmósfera única. Entre la sorpresa y la incertidumbre, una puerta de madera con símbolos aparece de la misma pared que les bloqueaba, abriéndose lentamente como si fuera un portal hacia lo desconocido. Desde el interior de la puerta aparece una figura femenina, envuelta en una aura de amabilidad y misterio. Su sonrisa cálida ilumina el lugar, y con una voz suave y acogedora, la mujer les da la bienvenida.

—¡Bienvenidos a Rupit, queridos viajeros! Soy la bruja Filomena —dice la mujer, presentándose mientras su voz resuena en el aire, llena de calidez y hospitalidad.

—Hola Filomena, encantados de conocerte. Este lugar es increíble, estamos fascinados. Nosotros somos… —dice Eleuterio mientras de repente Filomena le interrumpe. —Sé quiénes sois y sé qué es lo que queréis saber, pero a veces es mejor no saber—.

—¿Cómo puedes estar tan segura? ¿Y porque sabes de nosotros? —pregunta Maverik rascándose la cabeza.

—Maverik, querido, a veces tengo visiones de futuro y sabía que vendríais. Se tu nombre y también conozco el de tus amigos. Eleuterio, Nóruz y Flurry —dice Filomena mientras les señala uno a uno con suavidad.

—¿Y sabes que va a pasar conmigo? ¿Voy a volver al Bosque Mágico? —pregunta Eleuterio asustado.

—Queridos, entrad dentro. Aquí fuera no es lugar de hablar de secretos. Entrad y os explicaré todo lo que se —dice Filomena sonriendo a Eleuterio con amabilidad.

Tras adentrarse en la acogedora casa de Filomena y acomodarse, la bruja comenzó a compartir su conocimiento mientras les servía una taza de té caliente.

—Sé que queréis encontrar a Baba Yaga. Permitidme explicaros quién es, pero debéis comprender que es sumamente peligrosa —dice Filomena, mientras los mira con seriedad, tomando un sorbo de su té antes de continuar —Baba Yaga es la bruja más antigua del mundo y proviene de Siberia, Rusia. Actualmente reside en un pequeño pueblo bajo las majestuosas montañas de Sierra Nevada, en Soportújar, Granada. Es una bruja de gran poder, que se desplaza en un mortero gigante con una escoba de madera antigua. Lleva siglos buscando el anillo mágico para poder escapar de este mundo y refugiarse en uno donde pueda vivir en paz. Cuando vio el anillo en manos de Eleuterio, sintió una magia tan poderosa que no pudo resistirse y fue tras él sin dudarlo —les explica Filomena.

Eleuterio, con lágrimas en los ojos y preocupación en su voz, interrumpe. —Pero entonces, ¿No podemos hacer nada? ¿Estaré atrapado en este mundo para siempre? ¿He perdido toda esperanza de volver a mi vida anterior?—

Filomena, con calma y comprensión, le responde —Tranquilo, querido. Hay algo positivo que aún no os he contado. Baba Yaga aún no sabe cómo usar el anillo y le resultará difícil dominarlo. Sin embargo, en el momento en que lo descubra, buscará desesperadamente acceder a tu mundo, al Bosque Mágico, y establecer su reino, convirtiendo a sus habitantes en sus esclavos—.

Eleuterio, enfadado y decidido, exclama —¡Eso jamás sucederá! ¡No lo permitiré! ¡Iré a por ella cueste lo que cueste!—

Filomena asiente con comprensión y continúa. —Escuchad, hay más. Baba Yaga estuvo aquí preguntándonos por el anillo mágico, pero le dijimos que no sabíamos nada al respecto. Es la verdad, no sabemos nada. Solamente una meiga de Galicia conoce su funcionamiento, y es muy probable que Baba Yaga esté de camino hacia allí en busca de respuestas. Todas las brujas le tememos, y es probable que la meiga le revele la información. Sin embargo, ninguna bruja de Rupit le ha dicho nada sobre la meiga, pues sabemos el daño que Baba Yaga podría causar si obtiene el anillo—.

Eleuterio, con preocupación evidente en su voz, pregunta. —Pero sinceramente, ¿Crees que podremos recuperar el anillo?—

Filomena, con sinceridad, responde. —Eleuterio, no tengo respuestas. No he tenido visiones sobre eso. Lo único cierto es que será una tarea difícil regresar al Bosque Mágico, y tal vez sea mejor que te acostumbres a vivir en este mundo—.

En ese momento, los ojos de Eleuterio se llenan de lágrimas, pero Maverik interviene para tranquilizarlo. —No te preocupes, Eleuterio. Encontraremos a esa bruja malvada, cueste lo que cueste —dice Maverik mientras le abraza.

Antes de que el grupo regrese a Colonia Güell, Filomena recuerda algo y, con sus manos, prepara un pergamino donde escribe unas palabras con una pluma. Con amabilidad, entrega el pergamino a Eleuterio y le da unas instrucciones. —No lo abráis ni lo leáis hasta que lleguéis a la casa de Baba Yaga. En ese momento es cuando deberéis leerlo en voz alta—.

Eleuterio sorprendido, agradece el gesto con sinceridad, y se despiden de Filomena. Sin embargo, antes de marcharse, Filomena se acerca a Nóruz y nota su asombro al contemplar unos cruasanes artesanales gigantes. Le explica que son típicos de Rupit, rellenos de chocolate, y le regala uno. Nóruz, radiante de alegría, agradece el gesto y se une a los demás, mientras todos sonríen admirados por el regalo recibido.

Finalmente, regresan a la casa de Flurry para comentar lo sucedido y planear sus próximos pasos en busca de Baba Yaga y el anillo mágico.

Mientras tanto, Eleuterio, al borde de la desesperanza, suspira profundamente y comparte su tristeza con sus amigos.
—Creo que debemos aceptar la realidad. No parece que vayamos a encontrar el anillo mágico pronto. Tal vez sea hora de empezar a hacer vida aquí y acostumbrarme a este mundo —dice mientras se seca una lágrima con la mano.

Las palabras de Eleuterio los hacen sentir tristes y preocupados a todos, y el silencio que hay en el ambiente está lleno de dudas y desánimo cuando de repente, una abubilla, amiga de Flurry entra revoloteando por la ventana.

—Hola Flu-Flu-Flurry. Disculpad pero he escuchado vuestra conversación. No se si debería opinar pero creo que deberíais pensar dos veces antes de ir a Galicia —les aconseja con una apariencia seria.

—Bienvenida amiga, cuanto tiempo sin verte. No te preocupes, agradecemos tu consejo. ¿Por qué crees esto? — le pregunta Flurry a la abubilla.

—Las meigas son peligrosas y necesitáis estar bien preparados. No os precipitéis—. Con calma y pensativamente, la abubilla explica que en una aldea de Galicia vive una lechuza que es su amiga y puede investigar más de cerca.

—Ella me avisará cuando sepa quién es la meiga que tiene la información que buscáis — les dice con firmeza, tratando de tranquilizarlos.

—Muchas gracias por tu consejo. Tienes toda la razón y vamos a seguir tus recomendaciones. Por cierto, yo soy Eleuterio —le dice sonriendo.

—Encantada de conocerte. Ah, por cierto, yo he venido por un motivo. Tengo algo que explicarte Flurry. Quizás entre todos podéis ayudar. Unos seres elementales necesitan ayuda en Val d'Aran —dice con una voz que muestra preocupación.

—¿Otra vez tenemos que irnos? —pregunta Nóruz.

Maverik le apoya su mano en el hombro a Nóruz mientras le sonríe y tras un intercambio de miradas entre todos los amigos, se hace evidente que están unidos en su compromiso de ayudar a estos seres elementales que tanto necesitan su apoyo.

CAPITULO VII

Los Minairons de Val D'Aran

A la mañana siguiente, aparece de nuevo la abubilla para recordarles a todos que tienen que ir a ayudar a los seres elementales en Val d'Aran y no hay que perder más tiempo.

—Flu-Flu-Flurry, buenos días. Es hora de salir —dice la abubilla alborotada.

— ¡Hola bonita! Si, ahora nos iremos. Nóruz, por favor, avisa a Eleuterio y Maverik que nos debemos marchar hacia Val d'Aran —dice Flurry mientras prepara su mochila.

—¿Dónde te dijeron que estarían? No logré escuchar a dónde se fueron —le pregunta Nóruz.

—Están recogiendo piñones y almendras a dos minutos de aquí —le contesta Flurry.

—¿Qué te parece si les esperamos aquí? Seguro que llegarán pronto. Estoy preparando un almuerzo para todos y creo que sería genial recargar energías juntos —propone Nóruz con una sonrisa, mostrando sus manos manchadas de comida.

—De acuerdo Nóruz, nos lo llevaremos, pero no podemos que perder más tiempo. Tenemos que hacer un largo viaje. Prepara todo rápido mientras yo salgo a buscarlos —expresa Flurry antes de abrir la puerta.

Mientras Flurry sale en busca de los duendes, Nóruz aprovecha para pedirle un favor a la abubilla. Le pregunta si podría ir a su casa, en el Mirador del Semáforo, para explicarle la situación a su amigo jabalí Hog y asegurarle que está bien. —Y por favor, dile que lo extraño mucho —añade con tristeza en su rostro, a lo que la abubilla asiente con un gesto de cabeza y un silbido.

Una vez que Flurry regresa a su hogar, junto a Eleuterio y Maverik, se embarcan en un viaje hacia los Pirineos, donde sabían que su ayuda era necesaria.

Tras un largo viaje por la comarca de Lleida, al llegar a Vielha, en Val d'Aran, se encuentran con una sorpresa inesperada.

—Al llegar aquí, no sabía qué esperar, pero esto es verdaderamente sorprendente

—dice Eleuterio mirando a sus amigos.

—Iremos con cuidado. La abubilla no mencionó que alguien nos estaría esperando —advierte Flurry con preocupación.

—Sí, es extraño. ¿Quién será esta mujer que nos está esperando? —pregunta Maverik con curiosidad.

Esta mujer es una bruja buena. Ha estado esperando durante todo el día la llegada del grupo y es una antigua amiga de la abubilla, la amiga de Flurry. —¡Bienvenidos a la Val d'Aran! Mi nombre es Avelina. No temáis, soy bondadosa—. Eleuterio en ese momento le saluda y aprovecha para preguntarle. —¡Hola, Avelina! Yo soy Eleuterio, encantado de saludarte. ¿Qué nos puedes explicar sobre la situación en la zona? Nos ha avisado nuestra amiga abubilla —comenta Eleuterio.

Tras saludar a todos con una sonrisa cálida y amablemente, la bruja Avelina les explica lo que está sucediendo en el valle.

—Estamos pasando por momentos difíciles. Una bruja malvada llamada Caligo ha secuestrado a todos los Minairons y los ha encerrado en un bote de cristal para evitar que ayuden a los habitantes de Val d'Aran. Los Minairons son como vosotros, seres elementales, pero al estar atrapados no pueden hacer nada para ayudar —dice Avelina con un gesto de desesperación.

—Eso suena terrible. ¿Cómo podemos ayudar? —pregunta Maverik.

—He intentado reunir a un grupo de valientes para luchar contra Caligo y liberar a los Minairons pero de momento nadie se ve capaz de hacerlo. ¿Vosotros estaríais dispuestos a ayudarnos? La verdad es que estamos desesperados —dice Avelina con voz entristecida.

—Por supuesto, Avelina. Estamos aquí para ayudar en lo que sea necesario —afirma Flurry.

—¡Debemos liberar a los Mani… Mina… Minairons! —exclama Nóruz.

—Claro que si Avelina pero necesitaremos idear un plan. Serías muy amable si nos explicas un poco más sobre esta bruja malvada —comenta Eleuterio con una expresión seria en su cara.

—Si todos estáis de acuerdo, acompañadme a mi humilde hogar y prepararemos todo allí, se encuentra muy cerca, en un pueblo llamado Tredós. Podréis descansar y comer para tener fuerza durante nuestro plan de esta noche.

—¡Yo he traído cena! Pero creo que no habrá suficiente para todos —dice Nóruz señalando su mochila.

— Nóruz, pequeño, no te preocupes. En mi casa no os faltará de nada. ¡Vamos! —dice Avelina sonriente y animando a todos.

Una vez llegan a casa de Avelina, atravesando el "Camín dera Brusha" en Tredós y disfrutando de la belleza natural de la zona con impresionantes paisajes montañosos, ella les proporciona información valiosa sobre la situación. Juntos, planean un hechizo para intentar desorientar a la bruja Caligo y eliminar sus pensamientos negativos, con la esperanza de que, en lugar de ser su enemiga, se convierta en una protectora de los habitantes de Val d'Aran.

—Es hora de irnos. ¿Estáis preparados? —pregunta Avelina.

—¡Por supuesto! ¡Vamos a por esta bruja malvada! —exclama Eleuterio.

La noche cae, y bajo el resplandor de la luna, los amigos y Avelina se adentran en el bosque donde Caligo acecha. Caminan durante horas por senderos entre montañas, y al llegar al Bosque de Carlac, en un pueblo llamado Bausen, encuentran a la bruja malvada.

Envuelta en una atmósfera oscura y siniestra, Caligo habla consigo misma sobre su reinado de oscuridad y sombras. De repente, al escuchar el sonido de un paso y una rama quebrándose, se gira hacia Eleuterio y sus amigos, obligándolos a actuar con rapidez, sin tiempo para pensarlo.

—¡Caligo, tu tiempo de maldad ha llegado a su fin! —exclama Avelina.

—Vamos a liberar a los Minairons y poner fin a tu tiranía —dice Eleuterio con valentía.

—¿Vosotros? Jajajaja —se burla Caligo riéndose malévolamente —Vosotros no podéis detenerme. Soy la dueña de esta oscuridad. Llevo años y años planeando esto y nada puede salir m... —.

—¡Pradets! —grita Nóruz interrumpiendo a Caligo.

Justo en este instante, con la palabra de advertencia que el grupo tenía preparada y que Nóruz gritó, Avelina, Eleuterio y los demás unieron sus manos y lanzaron un hechizo poderoso contra Caligo:

"En este rincón del mundo donde la oscuridad se cierne, en nombre de la luz que brilla en lo más profundo de los corazones justos, llamamos a los espíritus de la bondad y la esperanza para que se alíen en contra de Caligo, la bruja malvada…".

—¡No puede ser! ¿Qué estáis haciendo? ¡Ahhh! —grita desesperadamente Caligo inclinando su cabeza hacia atrás y cerrando los ojos con fuerza.

"…Que sus sombras sean desterradas, que su maldad sea reemplazada por la claridad y que la paz florezca una vez más en este reino…".

—Estamos liberando esta tierra de tu influencia maligna, Caligo —contesta Eleuterio.

—¡Los Minairons deben ser liberados, y Val d'Aran debe volver a la luz! —exclama Avelina.

Siguiendo el hechizo, la oscuridad que rodeaba a Caligo comienza a desaparecer.

"…Que los Minairons, liberados de su prisión, regresen con alegría y traigan prosperidad a esta tierra."

Al terminar de recitar el poderoso hechizo, Caligo se desploma sobre el suelo, muy debilitada y la oscuridad que la envolvía empieza a desaparecer. En ese mismo instante, los primeros rayos del sol comienzan a teñir el horizonte con tonos dorados, anunciando el comienzo de un nuevo día.

—¡Lo hemos logrado! —exclama Flurry saltando de alegría.

—Ahora, los Minari… Minairons serán liberados y pueden regresar para traer prosperidad a esta tierra —afirma Nóruz con una gran sonrisa.

—Un momento, amigos. ¿Pero donde están? —pregunta Maverik.

Eleuterio, en este instante, señala con su dedo el lugar. —¡Ahí están! En este bote de cristal. Son tan pequeños que el bote no es muy grande—.

—¡Es hora de liberarlos! —exclama Avelina con entusiasmo y alegría, ansiosa por verlos libres.

Entre todos abren el pequeño bote de cristal y comienzan a salir cientos de Minairons saltando. Están muy felices y muy contentos. Parece un espectáculo de acrobacias. Una vez salen todos, se miran entre ellos y empiezan a decir —Que farem? Que direm? Que farem? Que direm?— Pero Eleuterio y los demás amigos no los entendían.

Avelina les explica que estos seres elementales, llamados Minairons, habitan en la región de los Pirineos y siempre están dispuestos a ayudar a los habitantes en diversas tareas. Si alguien encuentra a los Minairons por los bosques de los Pirineos, te van a solicitar, en su idioma catalán, realizar una acción. Tienen que hacer algo por ti. Estos seres han sido solicitados durante años y años para ayudar en la construcción de refugios en zonas montañosas o incluso en la edificación de iglesias en lugares de difícil acceso. Además, los Minairons son los protectores de los animales, los bosques, los ríos, las plantas y los habitantes de la región.

Incluso si no les solicitas ayuda, los Minairons pueden enfadarse y tomar medidas que es mejor no conocer. Es por esta razón que la bruja Caligo ha intentado aprovecharse de su bondad y de su capacidad de trabajo para destruir la zona y someter a todos sus habitantes.

—Pero... ¿Entonces tenemos que pedirles algo? —pregunta Maverik pensativo.

—¡No, Maverik! No podemos pedirles nada. Hemos venido a liberarlos —dice Eleuterio bastante molesto.

—Eleuterio, me temo que si. Es su misión y es un agradecimiento por haberlos salvado de un futuro oscuro y horrible —afirma Avelina sonriendo y calmando a Eleuterio.

—Que farem? Que direm? Que farem? Que direm? —continúan gritando todos los Minairons a la vez.

—Creo que si no les pedimos algo se quedarán afónicos de tanto gritar lo mismo una y otra vez —dice Flurry bromeando.

—Son tan pequeñitos. Tenemos que cuidarles —dice Nóruz mientras está agachado observándolos.

Caligo en ese momento, se levanta del suelo y su rostro y aspecto físico había experimentado una transformación sorprendente. Su cara ahora no es tan pálida, tiene una sonrisa encantadora y su pelo gris se ha convertido en una larga melena negra.

—Hola a todos, por favor, perdonadme, disculpadme, soy la peor persona del mundo. No se que ha podido pasar —dice Caligo muy angustiada y suspirando.

—Caligo, no te reconozco, tu cambio es asombroso —dice Avelina sorprendida.

—Cuando recitabais el hechizo, en el interior de mi mente empecé a tener visiones sobre la bondad y la valentía de todos vosotros para ayudar a los Minairons y a la Val d'Aran, en ese momento, algo dentro de mí cambió. Comencé a sentir una energía que recorría todo mi cuerpo y mis malas acciones y pensamientos oscuros se desvanecieron —explica Caligo mientras pone su mano en el pecho.

—Me sorprendes Caligo. Has tomado una decisión valiente. Ahora, nos deberíamos unir para proteger esta tierra y a sus habitantes —le propone Avelina.

—No ha sido mi decisión. Ha sido gracias a vosotros. A partir de este momento, Val d'Aran se convertirá en el lugar más seguro, con una naturaleza exuberante, majestuosas montañas, serenos ríos, amplios prados y una belleza que superará a cualquier otro lugar en el mundo. Nadie podrá hacer daño si estamos todos unidos —afirma Caligo elevando sus brazos y mirando a su alrededor.

Eleuterio y sus amigos comienzan a aplaudir y sonreír mientras intercambian miradas.

—Que farem? Que direm? Que farem? Que direm? —continúan gritando todos los Minairons.

—No quiero molestar pero no me gustaría que los Minairons se enfadaran —dice Nóruz mientras se aleja de ellos.

—Que farem? Que direm? Que farem? Que direm? —dicen cada vez más rápido los Minairons.

—Avelina, Caligo, ¿Que podemos pedirles? Nosotros no podemos decidir —comenta Eleuterio.

En ese preciso momento, ambas brujas se encuentran con la mirada, se acercan y entrelazan sus manos con firmeza y, de manera sincronizada, realizan una petición a los Minairons.

—Minairons, Minairons, queridos seres elementales de los Pirineos, queremos expresar nuestra más profunda gratitud por vuestra voluntad y colaboración. Juntos, erigiremos lo que llegará a ser uno de los pueblos más hermosos de España, al que llamaremos Bagergue. Este lugar estará repleto de adornos florales y encantadoras viviendas de piedra, siempre en armonía con la rica cultura y tradiciones de esta zona. Como símbolo de nuestro agradecimiento, os invitamos a elegir un lugar y comenzar este proyecto con todo nuestro apoyo —dicen las dos brujas a la vez.

Inesperadamente, los Minairons comienzan a desaparecer rápidamente uno a uno, a excepción de uno que, antes de desaparecer, salta al hombro de Avelina y susurra al oído de las brujas el lugar donde construirán el pueblo. —Será en una de las montañas más elevadas de la Val d'Aran, a 1.419 metros de altitud—. Con esta última información, el último Minairon se gira hacia Eleuterio y sus amigos, les guiña un ojo mientras les sonríe y pronuncia dos palabras —Moltes gràcies— en este momento, desaparece.

—¡Guau! Ha sido espectacular su rapidez —exclama Eleuterio muy sorprendido.

—Si, ¡Ha sido genial! Pero Eleuterio, debemos volver a casa, estoy agotado, tengo mucho sueño —le comenta Nóruz bostezando con una voz débil y cansado.

—Podéis dormir y descansar en mi casa. Siempre seréis bienvenidos. Tu también estás invitada Caligo —dice Avelina con amabilidad.

Maverik y Flurry siguen asombrados con la boca abierta de como habían actuado los Minairons. Nunca olvidarán este día.

A la mañana siguiente, de camino a casa, mientras el grupo está descansando y beben agua en un río cristalino, ven una botella de cristal que parece tener un papel en su interior. Maverik la atrapa y, tras abrirlo, lee su contenido: "El monstruo legendario del lago de Banyoles está en peligro, necesitamos ayuda. Es el fin."

CAPITULO VIII

El Monstruo de Banyoles

Tras leer el mensaje anónimo y misterioso de la botella pidiendo ayuda, Flurry les dice al grupo que deberían ir hacia Banyoles a ver que es lo que sucede, además les viene de camino hacia casa.

—¡Debemos actuar de inmediato! —exclama Flurry mientras se levanta.

—Sí. Ese mensaje es misterioso y parece que es algo grave. No podemos permitir que nada malo le suceda al monstruo legendario. Debemos investigar y ayudar de alguna manera —dice Eleuterio.

—Estoy de acuerdo, no podemos quedarnos de brazos cruzados. Debemos ir al lago de Banyoles y averiguar qué está ocurriendo —afirma Maverik mientras guarda la botella junto al mensaje en su saco.

—¿Pero si es un monstruo no será peligroso? —pregunta Nóruz mientras recoge flores silvestres que le llaman la atención.

—Lo averiguaremos —le contesta Eleuterio.

A los amigos no les hace falta más motivación. Se preparan rápidamente para su viaje al lago de Banyoles, conscientes de que una nueva y emocionante aventura los espera. Todos juntos, deciden emprender el viaje al lago, un lugar místico que se decía que albergaba un temible monstruo.
La historia de esta criatura ha sido transmitida de generación en generación, pero en su corazón, los amigos sienten que no es un monstruo malvado y deben enfrentar esta supuesta amenaza.

Al llegar al lago de Banyoles, en la provincia de Girona, descubren una escena desgarradora. El monstruo, una majestuosa criatura marina con escamas centelleantes y un cuello muy largo, está atrapado en una red mortal dejada por un cazador que quiere apoderarse de su belleza y fuerza. Las aguas del lago están turbias y contaminadas, y el monstruo, desconsoladamente, lucha por liberarse de su prisión.

—¡Mirad, lo hemos encontrado! El monstruo está atrapado en una red mortal. Esto es horrible —exclama Maverik mientras lo señala con el dedo.

—No podemos permitir que esto continúe. Parece muy débil. Debemos ayudar al monstruo y restaurar la belleza del lago —dice Eleuterio con preocupación.

Los amigos no lo piensan dos veces y se lanzan a la acción.

—Flurry, ¿Puedes romper esas cuerdas con alguna de tus herramientas? —le pregunta Maverik.

—¡Por supuesto! —afirma Flurry.

En ese momento, Flurry se acerca al monstruo y usa su increíble fuerza para intentar romper las cuerdas que lo aprisionan con una de sus herramientas.

—Pero también debemos hacer algo con la contaminación del lago. No podemos dejar que este lugar tan hermoso se deteriore aún más. Quien haya causado esto debe ser alguien con intenciones maliciosas —dice Eleuterio mirando a su alrededor.

—¡Déjamelo a mi! —exclama Maverik.

Flurry finalmente consigue romper las cuerdas que aprisionan al monstruo, mientras que Maverik aplica sus conocimientos sobre el equilibrio ecológico para purificar las aguas del lago, algo que puede conseguir con mucho esfuerzo. Eleuterio, con su sabiduría y poder elemental, comienza a restablecer la salud y el bienestar del monstruo, mientras que Nóruz trata de calmarlo con su dulzura y delicadeza.

Mientras trabajan incansablemente para salvar al monstruo, una misteriosa sombra se aparece sobre ellos. Se trata de un hombre avaricioso que se hace llamar "El Cazador de Leyendas". Este hombre, obsesionado por las criaturas mágicas, planeó capturar al monstruo del lago de Banyoles para ganar fama y fortuna.

El Cazador de Leyendas comienza a reír e intenta detener a los amigos tratando de atraparlos, pero su maldad no puede vencer la fuerza de la amistad y la protección de la naturaleza.

—¡Este hombre es horrible, no podemos permitir que su maldad gane! —exclama Flurry con indignación.

—Tenemos que actuar con valentía para proteger la magia y la naturaleza —añade Eleuterio.

Maverik interviene, pensativo. —Pero también necesitamos encontrar una manera de convencer al Cazador de Leyendas de que nuestras criaturas mágicas y leyendas merecen ser preservadas y respetadas—.

—Si trabajamos juntos, podemos cambiar su corazón y salvar al monstruo del lago —dice Nóruz con optimismo.

De repente, el Cazador de Leyendas desaparece, dejando a los amigos un breve momento para pensar rápidamente en un plan. Sin embargo, reaparece rápidamente con una enorme jaula en su mano. Justo en ese instante, Flurry lanza un grito, dejando al Cazador de Leyendas paralizado y sorprendido.

—¡Escucha! Sabemos que buscas a las criaturas mágicas y las leyendas para tu colección, pero debes comprender que son esenciales para la magia y la belleza del mundo —le dice Flurry desafiando al Cazador de Leyendas.

—¿Por qué debería importarme? Me da igual. Son solo cuentos y seres mitológicos que me pueden hacer más rico y famoso y, a vosotros, os puedo hacer desaparecer de un pisotón, sois muy pequeños y no podéis conmigo —dice el Cazador de Leyendas mientras camina lentamente hacia ellos.

—No estés tan convencido de esto. Estas leyendas y criaturas mágicas tienen un poder especial, bueno, y nosotros también lo tenemos. Las criaturas protegen la naturaleza y mantienen el equilibrio en el mundo. Sin ellas ahora mismo no estarías aquí —explica Eleuterio confiado.

—Además, si sigues capturándolas y alterando su entorno, puedes causar un desequilibrio en la magia y la naturaleza que podría tener consecuencias devastadoras. ¿Eso es lo que quieres? —pregunta Maverik desafiante.

—La magia y las leyendas son un tesoro que debemos cuidar y respetar. Pueden inspirar a las generaciones futuras y llenar sus vidas de asombro y maravilla. Nosotros no te vamos a hacer daño, solo queremos que entiendas el daño que podrías causar al mundo y a ti mismo —le explica Nóruz con confianza y tranquilidad.

Tras estas palabras, el Cazador de Leyendas se queda sin palabras y paralizado dejando caer la jaula hacia el suelo. —Eh… No se. No… Nunca lo había visto de esa manera. De verdad. No quería causar daño, solo pensé que podría ganar fama y riqueza. Disculpad. ¿En qué estaba pensando? No se que deciros —dice el Cazador de Leyendas con voz temblorosa y llevándose una mano a la cabeza.

—Tranquilo, todos cometemos errores en la vida, pero lo verdaderamente valioso es aprender de ellos. Si estás dispuesto, puedes prometernos que vas a preservar estas criaturas maravillosas y a compartir su belleza con el mundo de una manera que no cause daño. No es necesario mantener a criaturas mágicas y legendarias encerradas en jaulas para mostrarlas al mundo —dice Eleuterio más calmado.

—Exacto, Eleuterio. Las criaturas pueden vivir en libertad en su entorno natural. Si deseas compartir su magnificencia con el mundo, puedes hacerlo a través de libros, fotografías y un sin fin de maneras sin causarles ningún daño. ¿No lo habías pensado nunca? Además de esta manera perdurarán en la historia para siempre —explica Maverik mientras se acerca a él.

El Cazador de Leyendas reflexiona sobre estas palabras y se da cuenta de que hay formas éticas de compartir la belleza de las criaturas mágicas sin poner en peligro su existencia. Después de la conversación, el Cazador de Leyendas finalmente comprende la importancia de preservar la magia y a las criaturas legendarias. Acepta liberar al monstruo del lago y promete no interferir más con las criaturas mágicas y las leyendas.

—Está bien, liberaré al monstruo del lago y abandonaré mi búsqueda para siempre —afirma el Cazador de Leyendas.

En este momento, el cazador corta las últimas cuerdas que aun tienen atrapado al monstruo y deja que Maverik continúe con su acción de purificar el agua mientras que la majestuosa criatura desaparece hacia el interior del agua, que comienza a estar limpia y cristalina.

—Ahora comprendo el inmenso valor de estas criaturas y leyendas. Si llego a obtener fama, que sea por mi lucha en proteger a estas criaturas, no en hacerles daño. Las admiro sinceramente, son algo extraordinario para mí. En mi intento por capturarlas, creí que las estaba protegiendo, pero me he dado cuenta de que les he arrebatado su libertad y les he causado un daño irreparable en sus vidas. Esto, en este momento, llega a su fin —explica el Cazador de Leyendas con sinceridad.

Maverik de repente exclama —¡Lo he conseguido! El agua está completamente limpia. Estoy agotado pero ha merecido la pena —mientras salta de alegría.

Eleuterio, en ese instante, mira hacia sus amigos sonriendo por lo que han conseguido y una lágrima desciende por su mejilla al escuchar las palabras sinceras y profundas del Cazador de Leyendas y saber que tras tanto esfuerzo, todo se ha solucionado.

—Por cierto, ¿Dónde está el monstruo del lago de Banyoles? —pregunta Eleuterio.

En ese momento, un poderoso rugido resuena desde las profundidades del lago. Los amigos se giran sorprendidos y observan cómo el monstruo aparece en el agua con sus escamas centelleantes goteando.

—¡Gracias, amigos! —exclama el monstruo del lago con lágrimas en sus ojos mientras continúa hablando —No sé cómo expresar mi agradecimiento por liberarme. Estuve atrapado durante mucho tiempo. Pensé que era el fin. Ha habido personas que han intentado ayudarme, pero nadie lo logró. Llevo protegiendo este lago desde hace milenios y jamás pensé que estaría en una situación tan horrible y traumática como esta, pero he sobrevivido gracias a vosotros. No me lo puedo creer—.

—No es necesario que nos des las gracias, estamos felices de poder ayudarte y devolverte tu libertad —dice Eleuterio sonriendo.

—Ahora podrás volver a nadar en aguas puras y vivir en paz en tu lago —dice Maverik con sus ojos llenos de emoción.

El monstruo del lago asiente, emocionado, y las lágrimas de alegría se mezclan con las aguas del lago. Los amigos se despiden del monstruo, sabiendo que han hecho una buena acción.

—Cuídate, amigo. Siempre recordaremos este encuentro. Esperamos poder visitarte pronto y que nos enseñes este maravilloso lugar —dice Nóruz mientras se despide con las manos y entre lágrimas.

El monstruo del lago sumerge su cabeza y desaparece en las aguas del lago, regresando a su hogar. Con la paz restaurada y el Cazador de Leyendas comprometido a cambiar su enfoque, los amigos se despiden y se marchan, sabiendo que han salvado el lago de Banyoles y protegido las criaturas mágicas y legendarias para las generaciones futuras.

—Amigos, ahora que el monstruo del lago de Banyoles ha sido liberado y las aguas vuelven a ser puras y cristalinas, es hora de volver a la búsqueda de Baba Yaga y recuperar lo que es nuestro. No podemos esperar ni un minuto más —dice Eleuterio.

—¡Claro que sí! Pero hoy ha sido un día muy duro, es mejor que celebremos esta victoria y que descansemos —dice Flurry apoyando su mano en el hombro de Eleuterio.

—¡Si! Nos lo merecemos, ¿Verdad Maverik? Además, estamos muy cerca de encontrarla. Mi intuición nunca falla —afirma Nóruz mientras todos le miran intrigados.

—Yo estoy agotado, así que vamos a celebrar este momento de felicidad y a llenarnos de energía positiva para hacer frente a lo que venga —explica Maverik.

Finalmente, la paz y la armonía volvieron al lago de Banyoles, y después de la celebración y descansar, los amigos emprendieron de nuevo el viaje hacia sus hogares, sabiendo que habían cumplido su misión y salvado al legendario y humilde monstruo que durante tantos miles de años había vivido en libertad en el lago.

CAPÍTULO IX

El Dragón de Girona

Después de rescatar al monstruo de Banyoles y mientras se encaminaban de vuelta a casa para descansar antes de continuar con la búsqueda de Baba Yaga, de repente ven de lejos a la abubilla, amiga de Flurry, volando hacia ellos con prisa. Trae en su pico una carta.

—¡Amigos, por suerte os he encontrado! Iba a pedir ayuda a una bruja del pueblo de Centelles, pero ya que os tengo aquí, os la entrego a vosotros a ver si podéis hacer algo —dice la abubilla con alivio y urgencia.

Eleuterio toma la carta y la lee detenidamente. Informaba de que un antiguo dragón se estaba despertando en las profundidades de Girona. Durante siglos, el dragón había permanecido dormido en una cueva, custodiando su preciado oro gracias a un hechizo de una poderosa bruja. Sin embargo, ahora, con el hechizo llegando a su fin, el temible dragón estaba a punto de despertar y poner en peligro a todos los habitantes cercanos.

—¡Debemos actuar con rapidez! —exclama Eleuterio, después de leer la nota a sus amigos. Este dragón representa una amenaza para toda la región. Si no hacemos algo pronto, podría causar un desastre.

Conscientes del peligro que representaba un dragón despierto, Eleuterio y sus amigos se dirigieron hacia Girona. Durante el camino junto a la abubilla, le comenta a Nóruz que también tenía un mensaje para él.

—¿Un mensaje para mí? —pregunta Nóruz con curiosidad.

—Sí, fui a ver a tu amigo jabalí Hog y le expliqué lo que me pediste. Está muy contento de todas las aventuras que estás viviendo. Me dijo que también te echa de menos y que espera verte pronto —responde la abubilla.

Nóruz, feliz y alegre, salta de alegría al saber sobre su amigo y se queda tranquilo al saber que Hog ha sabido de él.

El grupo sigue su camino hacia Girona, recorriendo caminos y senderos que parecían cargados de tensión. Al llegar a la ciudad, se encuentran con el caos y el miedo que ha sembrado la noticia del despertar del dragón entre los lugareños, reflejado en sus rostros marcados por la preocupación y la ansiedad.

La abubilla, volando con agilidad, lleva al grupo al castillo de los magos ancestrales, quienes habían enviado la carta pidiendo ayuda. Al ser recibidos por los magos, se sorprenden al ver a seres tan pequeños, pero su sorpresa se convierte en agradecimiento al entender que la abubilla los ha traído para enfrentar al temible dragón.

—¿Quiénes son ustedes? —pregunta uno de los magos, con un tono de desconfianza.

—Somos Eleuterio, Maverik, Nóruz y Flurry. Hemos venido para ayudarles en lo que podamos. Nos ha traído la abubilla aquí. Somos sus amigos —responde Eleuterio con serenidad.

La abubilla interrumpe para explicar rápidamente la situación y anima a los magos a actuar sin esperar la ayuda de la bruja de Centelles.

—Tienen razón. La bruja de Centelles tardará demasiado. Debemos actuar ahora mismo —reconoce uno de los magos, asintiendo ante la urgencia de la situación.

Los magos ancestrales les explican la historia del dragón, una leyenda que se remonta a más de 2.000 años atrás. Girona vivía con miedo constante porque el dragón incendiaba casas y se comía a la gente y a los animales. Los habitantes estaban desesperados porque todos sus intentos por vencer al monstruo eran inútiles debido a su gran poder.

—Fue entonces cuando acudimos a un bosque encantado en Centelles, donde se decía que vivía una bruja poderosa —continúa uno de los magos.

—La encontramos y le pedimos ayuda. Con un poderoso hechizo, la bruja logró que el dragón cayera en un sueño profundo, protegido en su cueva con su tesoro —agrega otro mago.

—Pero la bruja nos avisó que el sueño del dragón no iba a durar para siempre. Cada 300 años, se iba a despertar de nuevo, y cada vez necesitaríamos hacer otro hechizo para que volviera a dormir. Por suerte, no se ha despertado hasta ahora que hemos comenzado a escuchar sus rugidos —dice el tercer mago, con un tono triste.

Los magos explican que han probado muchos métodos, pero ninguno ha funcionado para mantener al dragón dormido.

—Hemos probado muchas cosas, pero nada parece funcionar para mantener al dragón en su profundo sueño —dice uno de los magos con tristeza.

—Sí, hemos pedido consejo a muchos expertos, pero aún no tenemos una solución —agrega otro mago, con cara de preocupación.

Los magos, después de expresar su desánimo, explican que poseen en su castillo una gran biblioteca donde es posible que encuentren algo, es su última esperanza. Solo ellos pueden entrar en esta biblioteca, ya que es un lugar sagrado. Sin embargo, entre ellos tres les resulta imposible buscar entre tantos libros. Ante la urgencia de la situación, deciden permitir que Eleuterio y sus amigos los ayuden en su búsqueda. Les acompañan hasta la zona donde hay una gran puerta y les invitan a entrar.

La biblioteca es enorme, con columnas gigantes que sostienen el techo alto y abovedado. Las paredes están llenas de estantes altos con libros viejos y polvorientos. En el centro, hay una gran mesa llena de libros y papeles, y en una esquina hay un atril con un libro abierto.

Después de buscar durante horas, Nóruz encuentra un libro con una historia sobre un dragón que atemorizaba a un pueblo y una princesa. Sin embargo, resulta ser una antigua leyenda donde el caballero venció a un dragón y de su sangre brotaron rosas rojas que regaló a la princesa. No hay ninguna información útil y la leyenda es tan antigua que no sirve de ayuda.

Continuando con la búsqueda, Eleuterio recorre los estantes de la biblioteca y encuentra un libro que llama su atención. Con cuidado, lo saca y lo abre. Dentro, descubre información sobre un antiguo ritual que podría ser útil para vencer al dragón. Mientras Eleuterio sigue investigando en el libro, sus amigos exploran el resto de la biblioteca. Se detienen frente a una pared adornada con un enjambre de moscas detalladamente tallado en piedra. La biblioteca parece muy antigua y misteriosa, y los amigos están impresionados por cómo se sienten en el lugar.

Después de una larga búsqueda, Eleuterio descubre algo importante. —¡Lo encontré! Solo el canto de un ruiseñor dorado puede ser útil. Su canto mágico es lo único que puede hacer que el dragón vuelva a dormir profundamente —exclama Eleuterio emocionado.

Con la nueva información en mente, los amigos se reúnen rápidamente con los magos para compartir lo que han descubierto y recibir instrucciones sobre cómo avanzar. Los magos les aconsejan que una vez lo encuentren, vayan directamente a la cueva del dragón, ya que no pueden perder más tiempo.

Comienzan la búsqueda del ruiseñor dorado, recorriendo los bosques con la esperanza de encontrar al ave mágica. Después de explorar durante horas, finalmente encuentran al pájaro entre las ramas de un majestuoso tulípero, un árbol único en la zona de más de 40 metros de altura.

—¡Aquí está! ¡El ruiseñor dorado que tanto buscábamos! —exclama Eleuterio con una voz cargada de emoción y alivio al mismo tiempo.

—¡Que sorpresa! Es precioso y deslumbra con el brillo del sol —dice Nóruz.

Con cuidado y respeto, Eleuterio y sus amigos se acercan al ruiseñor, explicándole con sinceridad la urgencia y la importancia de su ayuda para proteger a la ciudad de Girona.

—Amigo ruiseñor, eres la única esperanza para mantener al temido dragón dormido y proteger a la ciudad. Necesitamos tu canto mágico para mantener al dragón dormido—.

—Por favor, únete a nosotros, te necesitamos más que nunca en esta tarea tan importante —ruega Eleuterio, con la esperanza de que el ave mágica quiera colaborar con ellos.

El ruiseñor, en silencio, se lanza del árbol y comienza a volar. Parece asustado. Los amigos temen que rechace su petición y se marche. Maverik exclama —No, por favor, vuelve! ¡Te necesitamos!— De repente, el ruiseñor desciende hacia ellos moviendo sus alas rápidamente y se posa en la melena de Flurry, comenzando a cantar alegremente como señal de que acepta ayudar.

Con el ruiseñor dorado a su lado, se dirigen hacia la cueva del dragón justo a tiempo para enfrentarse a él. Mientras el temible dragón comienza a abrir sus ojos centenarios, el canto mágico del ruiseñor dorado llena la cueva con una melodía celestial, envolviendo al dragón en un sueño profundo una vez más. El canto del ruiseñor es como una suave brisa que acaricia el alma, una melodía que parece fluir directamente del corazón de la naturaleza. Cada nota resuena con una energía misteriosa y envolvente, tejiendo un hechizo que transporta a quienes lo escuchan a un mundo de ensueño y paz. Su voz es un eco de los bosques antiguos y los secretos del universo, una canción que despierta la magia dormida en lo más profundo de la tierra y el cielo.

En ese momento, y tras ver dormirse al dragón, el ruiseñor comienza a hablarles por primera vez, revelando una antigua conexión entre sus plumas doradas y el oro resguardado por el dragón en la cueva. Explica que el oro del dragón está impregnado con la esencia mágica de sus plumas, y que es por eso que su canto mágico es el que mantiene al dragón dormido. —Cada 300 años regreso a Girona para cantarle al dragón y así permitir que continúe durmiendo y no haga daño a nadie —añade el ruiseñor. Sin embargo, esta vez, debido al intento de captura por parte de un Cazador de Leyendas que deseaba cazarlo para su colección, hace unas semanas, el ruiseñor había tardado en llegar y aún no había realizado su canto como lo hace cada 300 años.

Los amigos quedan sorprendidos al escuchar la revelación del ruiseñor dorado. Le explican que lograron detener a ese Cazador de Leyendas y que no volverá a molestar a nadie más. Le agradecen al pájaro por su importante papel en la protección de la ciudad y deciden despedirse de él y volver al castillo de los magos ancestrales.
El ruiseñor dorado se eleva volando majestuosamente en el aire, y al cantar una melodía encantadora, sus alas brillan con destellos dorados que se mezclan con la luz del sol hasta que desaparece poco a poco en el horizonte.

De regreso al castillo, los magos tras conocer la gran noticia, convocan a todos los habitantes de la ciudad y la gente se reúne con entusiasmo para celebrarlo.

Mientras los amigos se sorprenden por la alegría que les rodea, los habitantes comienzan a reunirse en grupos y forman una torre humana conocida como "castellers".

—¡Oh! Estoy muy sorprendido— dice Eleuterio observando sin pestañear.

Mientras tanto, otros habitantes tocan instrumentos típicos de la zona, como la flauta, el tambor y la gralla, creando una melodía festiva que llena el aire. El sonido alegre de la música anima a todos a bailar una danza tradicional llamada "sardana".

—¡Yo también quiero bailar! —exclama Nóruz mientras le agarra de las manos a Flurry y mueven los pies al ritmo de la música, imitando el movimiento de la "sardana".

—¡Yo también me uno Nóruz! —exclama Maverik agarrando las manos de Nóruz y Flurry formando un círculo.

—Yo no voy a ser menos, hay que celebrarlo —dice Eleuterio con una gran sonrisa uniéndose al círculo agarrándose de las manos de Maverik y Nóruz.

Finalmente, llega el momento de despedirse. Los amigos se preparan para continuar su búsqueda del anillo mágico, pero antes, la ciudad entera les aclama como héroes, reconociendo el sacrificio y la valentía que demostraron para salvar no solo a Girona, sino también al imponente dragón que ahora vuelve a dormir pacíficamente gracias al canto del ruiseñor dorado.

Desde este día, los amigos serán recordados como los guardianes de la ciudad y se convertirán en una leyenda que perdurará por generaciones.

La abubilla, que estaba junto a ellos, de repente pide silencio y revolotea con sus alas para llamar la atención. Todos se quedan en silencio y escuchan un sonido muy extraño y muy fuerte, un ulular agudo e intenso. Esta señal es recibida por la abubilla, y ella lo entiende. Explica que el sonido viene de muy lejos, es de un búho que está pidiendo ayuda. Según lo que entiende la abubilla, el búho está en la sierra de Madrid, donde unos lobos necesitan ayuda debido a la amenaza de unos cazadores.

La abubilla dice que debe irse rápidamente, pero los amigos la detienen y no lo permiten. Le dicen que puede ser algo peligroso y que es mejor que sean ellos quienes vayan.

—No te preocupes, amiga. No te dejaremos ir sola. Puede ser peligroso. Estamos juntos en esto y nosotros vamos a ayudar a esos lobos —asegura Eleuterio con decisión.

—Muchas gracias amigos. No se como agradecéroslo —dice la abubilla mientras alza el vuelo como muestra de alegría.

Antes de comenzar su viaje, los amables habitantes de la ciudad de Girona les regalan a Eleuterio y sus amigos una cesta llena de comida típica de la región para que puedan comer durante su viaje. Entre la comida deliciosa se encuentran pan, tomate, aceite, fuets, longaniza y queso que les darán energía mientras van hacia la sierra de Madrid.

CAPITULO X

El Talismán de Zaragoza

Durante el viaje hacia Madrid para salvar a los lobos, Eleuterio y sus amigos, Maverik, Nóruz y Flurry hacen una parada en Zaragoza para descansar. Mientras exploran la ciudad, se encuentran con un mercado medieval lleno de criaturas mágicas, lo que los llena de emoción. Nóruz y Flurry se detienen frente a un quiosco de dulces y comienzan a probar de todo, mientras que Maverik se detiene en un puesto que vende libros mágicos antiguos y poderosos, examinándolos con fascinación.

Eleuterio, por su parte, camina pensativo, preocupado por Baba Yaga y el anillo mágico que le ha robado. Se pregunta si alguna vez podrá regresar a su hogar en el bosque mágico y reunirse con su amigo Tronquito, o si el anillo está perdido para siempre.

De repente, se encuentra con una anciana vendedora de talismanes que parece haber notado su preocupación. —Ven aquí, pequeño duende —le llama. —Te veo muy preocupado. Tengo algo para ti. Creo que algún día te podría ayudar—. Con una mirada enigmática, le muestra un collar mágico.

—Este collar te protegerá de cualquier peligro en tu camino y te aportará suerte en la búsqueda de cumplir tus deseos —dice la anciana. —Es un regalo para ti, porque veo que tienes un corazón puro y valiente que merece protección—.

Eleuterio, sorprendido por el gesto generoso, acepta el collar con gratitud, sintiendo una extraña sensación de seguridad y protección al colocárselo alrededor del cuello.

—Este collar puede ser tu mejor aliado —continúa la anciana —Pero ten cuidado, en manos equivocadas puede convertirse en una poderosa arma—.

Eleuterio asiente con sinceridad, comprendiendo la importancia del regalo que acaba de recibir. Él sabe que debe proteger el collar con todas sus fuerzas, ya que su poder podría ser tanto una bendición como una maldición en manos equivocadas. Emocionado por su regalo, Eleuterio busca a sus amigos para mostrarles el collar que le entregó la anciana.

Maverik, Nóruz y Flurry quedan asombrados al ver el regalo tan inesperado.
—Tenemos que encontrar a esa anciana y saber más sobre este collar tan poderoso —dice Maverik con preocupación.

Pero cuando vuelven a la parada, la anciana ya no está y la desaparición les pone muy nerviosos.

—¡Podríamos ir a la parada de libros donde estaba Maverik! Allí quizás podemos encontrar información sobre el collar —sugiere Nóruz, intentando mantener la calma.

Tras llegar a la parada y revisar algunos libros, en uno de ellos Maverik descubre la historia del collar. Había pertenecido a un brujo malvado que lo había hecho prácticamente invencible y con una suerte infinita. —Tenemos que deshacernos de este collar, Eleuterio. El brujo vendrá a buscarlo —advierte Nóruz, sacando una alcachofa de su mochila para tranquilizarse.
—Pero este talismán puede ser nuestra única esperanza —dice Eleuterio, seguro en su decisión de mantener el collar.

—¿Cómo vamos a enfrentarnos a alguien tan fuerte si el brujo viene a buscarnos? —pregunta Nóruz, preocupado.

—Amigos, en este libro encontré formas de vencer al brujo. Deberíamos comprarlo —propone Maverik.

—Pero no tenemos dinero… —lamenta Eleuterio.

—¡Yo tengo! —exclama Flurry, mientras saca monedas de oro de su bolsillo y llenando de esperanza al grupo.

Una vez tienen el libro en sus manos, se dirigen hacia el río Ebro para leerlo con atención y planificar su estrategia contra el brujo. Maverik observa el libro con cada vez más nerviosismo. —¿Y si no encontramos cómo proteger el collar del brujo? —murmura, con la mirada fija en las páginas llenas de antiguos hechizos.
—Se terminarán mis alcachofas antes de que descubramos cómo proteger el collar —dice Nóruz con preocupación. Eleuterio, con valentía en su rostro, responde —No podemos rendirnos. Debemos intentarlo todo, aunque no seamos brujos—.

Flurry, con los ojos brillando de emoción, exclama —¡Debemos encontrar un lugar seguro para esconder el collar antes de que sea demasiado tarde!—. La preocupación se refleja en la voz de Maverik mientras dice —Pero el brujo podría estar acercándose más rápido de lo que imaginamos—.

—No tengáis miedo, amigos —dice Eleuterio con firmeza. —Protegeremos el collar a toda costa. Es nuestro deber asegurarnos de que no caiga en manos equivocadas—.

De repente, el cielo se oscurece y una voz aterradora llena el aire. Es el brujo malvado, aparece sin aviso, los alcanza y comienza a lanzar hechizos oscuros sobre ellos. Los amigos, al ver al brujo, comienzan a correr en cuanto perciben el peligro inminente.

—¡Eleuterio, tira el collar al río! —grita Nóruz con urgencia mientras escapan de los poderes malignos del brujo.

Eleuterio, sin dudarlo, agarra la bolsa que contiene el collar y la lanza al río Ebro. El brujo, furioso, se lanza tras ella, con sus ojos brillando de ira mientras intenta atraparla.

Ante el peligro, Nóruz toma una gran piedra del suelo y la lanza con todas sus fuerzas hacia el brujo. El golpe resuena en el aire y el brujo cae en el agua, gritando de rabia.

—¡Lo logramos! —exclama Flurry con alivio, pero su alivio desaparece cuando se da cuenta de que el collar había desaparecido en la corriente. —¡Maldición! ¡El collar se ha perdido!—.

—¿Qué has hecho, Eleuterio? —pregunta Maverik, su voz llena de dudas. —El brujo
está derrotado, pero ahora el collar está perdido en las profundidades del río—.

—¡Esperad, tengo algo que deciros! —exclama Eleuterio. —He engañado al brujo.
Antes de que llegara metí una piedra en la bolsa donde estaba el collar y luego la lancé
al río. El verdadero collar está aquí—.

Los ojos de Nóruz se abrieron de par en par, sorprendidos por la astucia de Eleuterio.
—El brujo estará furioso cuando descubra que el collar no está en la bolsa —dice
Nóruz con una expresión que mezcla alegría y nerviosismo.

—Pero eso significa que ahora estamos en peligro —advierte Maverik frunciendo el
ceño con preocupación. —El brujo no descansará hasta que recupere el collar.
Tenemos que estar preparados para cualquier cosa—.

—Tienes razón Maverik, este collar es más valioso de lo que imaginamos —responde
Eleuterio. —No solo trae suerte, sino que también posee un poder inmenso. Si cae en
manos del brujo, el mundo estará en peligro. Debemos pensar algo para vencerle
antes de que sea demasiado tarde—.

Eleuterio, Maverik, Nóruz y Flurry van a un rincón sombreado de la Plaza del Pilar de
Zaragoza. Nóruz parece muy preocupado, sujetando con fuerza el collar mientras mira
el horizonte con tristeza. —¿Cómo hemos llegado a esto? —apenas se escucha su voz
por el jaleo que hay en la plaza. Eleuterio pone su mano en el hombro de Nóruz para
tranquilizarlo. —No te preocupes, encontraremos una solución —le dice intentando
calmarlo, aunque su mirada muestra cierta incertidumbre. Mientras tanto, Maverik
busca desesperadamente entre las páginas del antiguo libro alguna pista que pudiera
ayudarles a vencer al brujo.

—No encuentro nada —dice Maverik con frustración, levantando la vista del libro.
—Hay hechizos en lenguajes que no comprendo y rituales en los que se necesita más
tiempo del que tenemos. Tal vez deberíamos consultar a la anciana del mercado para
saber más sobre el collar y el brujo—.

Pero antes de que puedan decidir, un grito agudo rompe el aire, poniendo a todos en
alerta. La anciana vendedora del mercado corre hacia ellos, con los ojos llenos de
terror. —¡El brujo está aquí! —exclama, su voz temblorosa de miedo.

El mago con una aura oscura y siniestra se acerca rápidamente, seguido de cerca por
sus secuaces. El brujo fija su mirada en el collar que Nóruz sostiene en su mano. —Ese
collar me pertenece —declara con voz fría y amenazante. —Entregádmelo o enfrentad
las consecuencias—.

Eleuterio da un paso adelante, desafiante. —No dejaremos que te apoderes del collar —le dice al brujo con firmeza, mientras el grupo se prepara para el enfrentamiento.

El brujo suelta una risa malévola y empieza a lanzar sus hechizos. El suelo tiembla bajo sus pies y las piedras de la plaza se elevan en el aire, desafiando la gravedad. Los amigos con movimientos rápidos y ágiles luchan por mantener el equilibrio mientras esquivan los ataques del brujo.

En un acto de desesperación, Nóruz levanta el collar hacia el cielo y pronuncia una antigua palabra mágica que vio en el libro y recuerda porque le llamó la atención.

"¡Aurosalyant!"

El collar comienza a brillar con una luz intensa, y el brujo retrocede, gritando de sorpresa y dolor al ser rápidamente consumido por su propia oscuridad junto a sus secuaces.

—¡Magnífico, Nóruz! —elogia Eleuterio con admiración, mientras observa cómo el brujo se convierte en humo negro y desaparece. Los amigos se abrazan, aliviados de haber superado la amenaza.

—Estamos a salvo gracias a ti, Nóruz —dice Eleuterio con una sonrisa de oreja a oreja. —Creo que algo te pertenece. El collar debería estar en tus manos. Te lo has ganado con tu valentía y astucia, amigo—.

Maverik y Flurry asienten, expresando su acuerdo con entusiasmo. —Este collar te ha elegido a ti Nóruz. No puede estar mejor que en tus manos —afirma emocionado Flurry. —Y ahora, mejor que continuaremos nuestro viaje hacia la sierra de Madrid para ayudar a los lobos y enfrentar los desafíos que nos esperan —dice Maverik entusiasmado.

A medida que se alejan de la plaza, Maverik mira hacia atrás en busca de la anciana del mercado, pero ella ha desaparecido en las sombras. —No me fío de esa mujer —murmura para sí mismo. —Pero por ahora, lo importante es que estamos juntos y seguimos adelante—.

CAPÍTULO XI

Los Lobos de la Sierra de Madrid

Tras el largo camino, Eleuterio y sus amigos, Maverik, Nóruz y Flurry, finalmente alcanzan la sierra de Madrid.

—Los lobos deben de estar escondidos en alguna cueva ¿Escucháis sus aullidos? —dice Maverik con cautela —pero tenemos que tener cuidado, los cazadores deben estar cerca—.

—¡Ahí están! —exclama Nóruz, señalando con su dedo hacia una cueva entre dos montañas.

—Los lobos necesitan nuestra ayuda urgente —afirma Eleuterio —pero los cazadores están vigilando la entrada. ¿Qué podemos hacer?—.

—Tenemos que esperar hasta la noche —, sugiere Maverik. — Seguro que los cazadores se dormirán y solo uno quedará de guardia. Mientras tanto, podríamos buscar otra salida de la cueva para ver si podemos entrar y hablar con los lobos —.

—Pero los lobos podrían ser peligrosos —advierte Nóruz. —¿Cómo podemos mostrarles que no somos una amenaza y que hemos venido a ayudarlos?—

—Podríamos intentar comunicarnos con ellos de alguna manera pacífica —propone Eleuterio. —¿Qué tal si les dejamos comida como muestra de buena voluntad?—

—¡Buena idea! —exclama Flurry. —Podríamos darles algunos trozos de fuet y longaniza que nos dieron en Girona. Así verán que no queremos hacerles daño—.

Con un plan en mente, los cuatro amigos se preparan para buscar otra entrada a la cueva. Mientras tanto, la noche cae sobre la sierra de Madrid, envolviéndola en una oscuridad misteriosa y llena de peligros. Los lobos aúllan a lo lejos, recordándoles la urgencia de su misión. —Esperemos que nuestro plan funcione —dice Eleuterio con un tono de esperanza en su voz —Los lobos necesitan nuestra ayuda, y no podemos fallarles—.

Caminando durante varias horas, Eleuterio finalmente exclama —¡He encontrado una entrada a la cueva! Es bastante estrecha, nosotros podemos entrar, pero los lobos no podrían salir por aquí—.

—Espero que esto funcione —susurra Nóruz, observando con atención la entrada de la cueva.

Los amigos se toman de las manos y entran en la cueva, con una antorcha en mano para iluminar su camino. A medida que avanzan, sienten cómo el tiempo se detiene, sumergiéndolos en una sensación de esperanza. —Espero que podamos encontrar a los lobos aquí —comenta Maverik, mientras explora los oscuros pasadizos de la cueva. —Parece que este lugar es enorme—.

Pasan largos minutos en silencio, con los sonidos de la noche como única compañía, hasta que escuchan unos aullidos muy cerca de ellos. Los amigos siguen caminando hacia donde suenan y dejan en el suelo la comida para los lobos, a ver si pueden llegar a olerla mientras esperan. De repente, un lobo aparece desde la oscuridad y se acerca cautelosamente a la comida. La olisquea y mira a los amigos con curiosidad en sus brillantes ojos. —Parece que nos han encontrado —murmura Eleuterio con una sonrisa de alivio.

El lobo, aparentemente tranquilo, comienza a comer la comida dejada por los amigos. Los otros lobos se asoman tímidamente desde el interior de la cueva, observando la escena con precaución.

—Creo que están empezando a confiar en nosotros —dice Flurry con optimismo.

Los amigos esperan pacientemente, manteniendo la calma y evitando cualquier movimiento brusco que pueda asustar a los lobos. Poco a poco, los lobos comienzan a acercarse más, aceptando la presencia de los amigos.

—Es hora de acercarnos —dice Maverik. —Debemos asegurarnos de que sepan que estamos aquí para ayudarlos—.

Con pasos cuidadosos, los amigos se acercan a los lobos, extendiendo sus manos en un gesto de paz. Los lobos, aunque aún cautelosos, permiten que los amigos se acerquen, reconociendo su amistad y buena intención.

—Hola. Somos amigos —dice Eleuterio suavemente. —Estamos aquí para protegeros de los cazadores y ayudaros a encontrar un lugar seguro donde vivir—.

Los lobos miran a Eleuterio y sus amigos con expectación mientras uno más grande y con una pata dañada aparece de entre ellos.

—Hola. Me llamo Elver y soy líder de la manada —gruñe con autoridad. —¿Vinisteis aquí para salvarnos?—
—Sí —responde Eleuterio. —Estamos esperando a que los cazadores se duerman para poder ayudaros a salir—.

Elver suspira, con tristeza en su voz. —Esta misión es casi imposible. Llevamos casi tres días aquí y muchos de nosotros ya han sido cazados. Hay muchas trampas cerca de la entrada. A los que atrapan los llevan a un lugar cercano donde los encierran en jaulas. Mi mujer y mis hijos están allí, y yo no puedo hacer nada para salvarlos—.

—No te preocupes, Elver —interviene Maverik. —Vais a salir de aquí sanos y salvos, y verás a tu mujer e hijos. ¿Conoces a alguien que esté fuera y pueda ayudarnos a encontrar el sitio donde los cazadores tienen encerrados a los lobos? —le pregunta a Elver.

—No tenemos muchos amigos aquí —respondió Elver con tristeza. —Los animales tienen miedo de nosotros. Pero tengo un amigo, un búho, que está cerca. Yo lo he estado escuchando todos estos días. Creo que él pidió ayuda para salvarnos, y vinisteis vosotros—.

—Tengo un plan —dice Eleuterio con seriedad. —Maverik y Flurry iréis a buscar al búho para que os enseñe dónde están los otros lobos y así podáis abrir las jaulas y liberarlos. Mientras tanto, Nóruz y yo nos encargaremos de los cazadores —.

—¿Qué vamos a hacer con ellos? Son muchos y están armados —pregunta Nóruz, mientras saca una alcachofa de su mochila para tranquilizarse.

—No te preocupes, amigo —le responde Eleuterio con una sonrisa. —Tengo un plan—.

—Amigos, tenemos prisa. ¡Ya es de noche y nos debemos ir! —exclama Eleuterio. —Pronto estaréis libres —dice Eleuterio mirando a los lobos mientras los amigos salen de la cueva.

Al salir de la cueva, la oscuridad de la noche es tan densa que dificulta la visión de cualquier objeto a su alrededor. —¿Cómo encontraremos al búho? —pregunta Maverik con preocupación, cuando de repente escuchan un aullido de lobo. Es Elver, llamando a su amigo búho. Pocos segundos después, oyen un ruido proveniente de un árbol cercano. El búho, Flaumel, desciende majestuosamente.

—¿Eres Eleuterio, verdad? —pregunta el búho con su mirada penetrante.

—Sí, soy yo —confirma Eleuterio.

—Soy Flaumel, el viejo búho guardián de este lugar y amigo de Elver. Fui yo quien mandó el mensaje pidiendo ayuda. Gracias por venir —expresa el búho con gratitud.

—Encantados de conocerte, Flaumel —responde Eleuterio. —Tenemos prisa. ¿Sabes dónde mantienen encerrados a los lobos los cazadores?—

—Sí, es muy cerca —responde Flaumel.

—¿Puedes llevar allí a mis amigos Maverik y Flurry para que puedan abrir las jaulas y salvar a los lobos? —pregunta Eleuterio con urgencia.

—Será un honor ayudaros, pequeño duende —acepta el búho.

Mientras Eleuterio observa cómo Maverik y Flurry se alejan volando con el búho, Nóruz con nerviosismo le pregunta. —¿Y cuál es tu plan, Eleuterio? ¿Cómo podemos nosotros dos detener a los cazadores?— Eleuterio mira a Nóruz con una sonrisa y responde —En mi Bosque Mágico solía tallar flautas de madera. Su música era tan bella y relajante que cualquiera que la escuchara quedaba dormido profundamente. De camino hacia la cueva, vi un pino caído. Quiero intentar tallar una flauta. A ver si en este mundo la magia de su música funciona—.

Eleuterio y Nóruz se adentran en la oscuridad de la noche, buscando el pino caído que Eleuterio había visto. La luz de la luna apenas ilumina entre los densos árboles del bosque, dándoles una apariencia misteriosa.

—¡Allí está! —exclama Eleuterio, señalando hacia el árbol caído.

En cuestión de minutos, Eleuterio, con sus manos expertas, talla una flauta mágica.
—Vamos Nóruz, no podemos perder ni un minuto —dice Eleuterio con urgencia mientras Nóruz lo mira con asombro.

—Tenemos que actuar con rapidez y sigilo —murmura Eleuterio, concentrado en su misión.

Eleuterio y Nóruz se acercan sigilosamente al campamento de los cazadores. Se mueven con cuidado entre los árboles. —¡Ahí están! —susurra Nóruz, señalando hacia un claro donde los cazadores han establecido su campamento.
Eleuterio observa con atención la escena, ideando su plan. —Vamos a hacer que caigan en un sueño profundo —dice en voz baja. —Entonces, podrás atarlos—.
Nóruz asiente con un gesto afirmativo, comprendiendo el plan de Eleuterio y mientras se oculta entre los arbustos, esperando el momento oportuno para actuar.

Cuando Eleuterio ve que está todo preparado, empieza a tocar la flauta y suena una melodía suave y melodiosa que resuena en el aire nocturno. Los cazadores, que están descansando alrededor de una fogata, escuchan la música y tras unos minutos se ven envueltos en un profundo sueño.

—¡Lo logramos, Nóruz! —exclama Eleuterio con alegría. Pero al girar la cabeza, ve a su amigo troll durmiendo en la tierra, abrazando su mochila con una sonrisa alegre.

—Despiértate, Nóruz —grita Eleuterio. —Es hora de atar a los cazadores. No sé cuánto tiempo se quedarán dormidos—.

—¿Qué? ¿Qué pasa? —pregunta Nóruz despertándose adormilado. En ese instante, se levanta rápidamente y, con lianas de los árboles, ata de los brazos y piernas a los cazadores, asegurándose de que no puedan escapar.

Eleuterio y Nóruz observan con satisfacción su trabajo terminado. —Espero que Maverik y Flurry no tarden mucho en salvar a los otros lobos —comenta Eleuterio.
—Ahora tenemos que quitar las trampas de la entrada de la cueva para que los lobos puedan salir, pero entre los dos no podremos—.

Cuando regresan a la cueva, se encuentran con Maverik y Flurry, quienes han vuelto con los lobos liberados. —¡Ya habéis vuelto, qué maravilla! ¡Qué rápidos sois! —exclama Eleuterio con entusiasmo.

—Y vosotros, ¿qué habéis hecho con los cazadores? —pregunta Flurry.

—Os contaré todo más tarde. Ahora tenemos que liberar el camino para los lobos y quitar las trampas, pero con cuidado, pueden ser peligrosas —responde Eleuterio.

En poco más de media hora, los amigos liberan el camino y los lobos pueden salir sin problemas. Elver, el líder de la manada, está visiblemente emocionado al ver a su familia y a sus compañeros lobos reunidos y a salvo.

—¡Lo logramos! —exclama Eleuterio con alegría al ver a los lobos libres y a los cazadores derrotados.

Los lobos, agradecidos por la valentía y el sacrificio de los amigos, rodean a Eleuterio y a los demás, expresando su gratitud con aullidos de alegría y lamidas amistosas.
—Gracias por salvarnos —dice Elver con sinceridad. —Sin vuestra ayuda, habríamos estado condenados—.

—Estamos felices de poder ayudar —responde Nóruz, devolviendo el gesto de gratitud. —Nuestra amistad es más fuerte que cualquier peligro que enfrentemos —afirma Flurry.

Después de pasar la noche junto a la manada en los bosques de la Sierra de Madrid y descansar, al amanecer, cuando los primeros rayos de sol comienzan a iluminar el paisaje, Eleuterio, Maverik, Nóruz y Flurry se disponen a iniciar el camino de regreso a casa.

Mientras avanzan, el aire fresco de la mañana renueva sus cuerpos cansados después de todas las aventuras que han vivido. Sin embargo, a pesar de la esperanza que los impulsa, el misterio del anillo mágico sigue sin resolverse. Eleuterio sigue meditando sobre todas las pistas que conoce y que podrían guiarlo hacia su objetivo. La lechuza, amiga de la abubilla, es su próxima esperanza, pero su paradero sigue siendo un enigma y no tienen noticias sobre la meiga.

CAPÍTULO XII

La Sociedad Secreta de Montserrat

Eleuterio, sentado en lo alto de un pino en Colonia Güell, contempla la impresionante belleza que lo rodea. —Qué mundo tan hermoso. Debo acostumbrarme a vivir aquí por si no consigo encontrar el anillo mágico y regresar a mi mundo —piensa Eleuterio. De repente, se entristece al pensar en su hogar y en su amigo Tronquito. —Tan poco tiempo estuve con él. Espero que esté cuidando nuestra casa y el Bosque Mágico. Y … espero verlo una vez más —dice Eleuterio con tristeza y con lágrimas en sus ojos.

Justo en ese momento, escucha la voz de su amigo troll, Flurry. —Queridos amigos, debo ir a Galicia a visitar a mi hermano Qüinlyn. Estaré allí durante unos días. Me entristece mucho tener que separarme de vosotros , pero debo irme —dice Flurry.

—No te preocupes, Flurry —responde Nóruz, regresando con Maverik. —Estábamos pensando en visitar nuestras casas en el Delta del Llobregat y a mi amigo, el jabalí Hog. Le echo mucho de menos. Además, no tuvimos mucho tiempo para mostrarle ese hermoso lugar a Eleuterio—.

—Muy bien, amigos. No os preocupéis por mi, conozco el camino como la palma de mi mano —dice Flurry. —Os avisaré cuando llegue a través del aparato de comunicación de mi reno Ulfik. Cualquier cosa le podéis decir a él—.

Los amigos se despiden de Flurry y se dirigen hacia el Delta del Llobregat.

Al llegar al Mirador del Semáforo y ver a Hog, Nóruz corre hacia él gritando su nombre. Hog, al ver a Nóruz, salta de alegría. Se abrazan y comienzan a explicarse sus aventuras durante el tiempo que estuvieron separados. Pasaron muchas horas hablando. Hog está sorprendido y a la vez preocupado al escuchar todo lo que ha sucedido, pero también muy orgulloso. —Siempre supe que eras muy valiente, mi querido Nóruz —dice Hog mientras sonríe y se levanta. —Pero lamento decirte que es hora de buscar comida. Prometo que volveré para que podamos cenar juntos —dice Hog.
—No te preocupes, amigo mío —responde Nóruz. —Ahora, vamos a ver la casa de Maverik. Nos vemos esta noche, y gracias por cuidar mi hogar y la hoguera—.

De camino hacia la casa de Maverik, mientras admiran el majestuoso paisaje de cañas, humedales y variedad de flora del delta, se encuentran con una garza.

—Querida Malvi, ¡Qué alegría verte! —exclama Maverik. —Tanto tiempo sin verte ¿Cómo estás?—.

—¡Hola Maverik! Estoy bien, amigo mío. ¿Y tú? ¿Dónde has estado durante tanto tiempo? Estaba muy preocupada —dice la garza.

—Es una historia muy larga. Vamos a mi casa y te contaremos todo. Por cierto, estos son mis amigos, el duende Eleuterio y el troll Nóruz —presenta Maverik a sus compañeros.

—¿Eleuterio? —pregunta la garza. —Madre mía... ¡Te están buscando!—.

—¿Buscándome? ¿A mí? ¿Quién? —pregunta Eleuterio, sorprendido.

—No sé quiénes son. Escuché ruido cerca de la casa de Maverik. Pensé que había vuelto, y fui a visitarle, pero encontré a dos hombres extraños. No les pude ver la cara, solo vi que sus ojos eran azules y brillantes, y vestían unas túnicas muy largas con capuchas con la letra "M" en el pecho —explica la garza Malvi.

—¿La letra "M"? ¿Qué significa eso? —pregunta Nóruz.

—"M" de Montserrat —responde una voz muy fuerte de repente.

Los amigos se giran y ven a dos personas vestidas tal y como les había dicho la garza.

—Somos de la Sociedad Secreta. Te estamos buscando, Eleuterio —dice uno de los hombres.

—¿A mí? ¿Y eso por qué? —contesta Eleuterio sorprendido.

—Sabemos que eres de otro mundo y queremos saber más sobre ti —dice uno de los hombres. —Además, ha entrado en nuestro lugar sagrado una bruja. Se llama Baba Yaga. Espero que nos puedas explicar qué es lo que ella busca con tanta desesperación—.

Eleuterio se queda paralizado, sin poder decir nada. No puede reaccionar.

—Debemos irnos ya. No podemos perder ni un segundo más —dice uno de los hombres.

—¡No! ¡No nos vamos a ningún sitio con vosotros! —exclama Maverik con rabia.
—Hasta que no nos expliquéis quiénes sois y qué queréis de nosotros no vamos a mover ni un dedo. Además, vamos a ir a visitar nuestras casas, llevamos mucho tiempo fuera—.

—Tranquilo, Maverik —dice Eleuterio. —Yo tengo que ir. Ellos pueden saber algo sobre Baba Yaga y cómo volver a mi mundo—.

Uno de los hombres sonríe y abre una pequeña caja, de la cual se desprende una luz muy brillante que aumenta poco a poco, llegando a ser tan brillante que Eleuterio y sus amigos no logran abrir los ojos.

Cuando finalmente los abren, se encuentran en un lugar maravilloso, rodeados de hermosas montañas.

—Bienvenidos a Montserrat —afirma uno de los hombres.

Las montañas de Montserrat son tan preciosas como extrañas. Eleuterio nunca ha visto nada igual, ni en su bosque mágico ni en este mundo humano, está asombrado.

—Estamos en un lugar oculto y sagrado —dice uno de los hombres. —Nadie debe saber dónde se encuentra. Por eso nos sorprendió cuando Baba Yaga encontró este lugar y nuestra biblioteca, donde se encuentran los libros más poderosos del mundo —explica el otro hombre mientras señala hacia la montaña. —Ya estamos cerca. Nuestro hogar está dentro de esta montaña—.

—¿Dentro de la montaña? —susurra Nóruz, pensativo.

Uno de los hombres comienza a dibujar símbolos extraños en la roca y a recitar palabras en un idioma desconocido.

"ato cored taci fígnan mnu, tser ret nsom"

De repente, la montaña parece abrirse a través de una gran grieta que se forma, y todos se dirigen hacia el interior.

Se encuentran dentro de un castillo gigante. Nóruz mira todo con la boca abierta asombrado. No puede creer lo que está viendo. —¿Cómo puede ser esto? ¿Estamos dentro de un castillo que está dentro de una montaña? —pregunta Nóruz.

—¿Todavía te sorprenden estas cosas después de todas nuestras aventuras? —le contesta Maverik con una gran sonrisa.

La habitación en la que están es enorme y está repleta de gente caminando rápidamente de un lado a otro con libros y papeles en sus manos. De repente, ven a un anciano acercándose hacia ellos. —Hola, Eleuterio, Maverik y Nóruz. Disculpad las molestias. Mi nombre es Âlfred y soy el Gran Sacerdote de esta sociedad. Espero que mis amigos os hayan tratado bien en el camino—.

—Si... muy bien —dice Maverik sarcásticamente. —Estos dos hombres aparecieron de repente cuando estábamos de camino a mi casa y nos trajeron aquí sin ninguna explicación—.

—Mis más sinceras disculpas, Maverik. No teníamos intención de molestarlos, pero somos una sociedad secreta que vigila cada aspecto mágico en nuestro mundo.

Poseemos conocimiento sobre todas y cada una de las criaturas mágicas que existen —
explica Âlfred.

—¿Sabe todo sobre nosotros? —pregunta Nóruz.

—Exacto, todo —responde el anciano. —Y todo estaba en calma hasta tu llegada,
Eleuterio. Sentimos una energía extraña y poderosa cuando llegaste a nuestro mundo.
Tuvimos que intervenir de inmediato, encontrarte y aprender más sobre ti y tu mundo.
Por favor, explícanos todo—.

La Sociedad Secreta está interesada en lo que ha sucedido entre Eleuterio y Baba Yaga,
y en cómo llegó a nuestro mundo. También están preocupados por la presencia de la
bruja en su lugar sagrado y quieren saber qué está buscando.

Eleuterio les explica que es de otro mundo, del Bosque Mágico, y que ha llegado a este
mundo cuando se puso un anillo que le regalaron unos trolls. Al llegar al Delta del
Llobregat, apareció una bruja, Baba Yaga, quien le robó el anillo. Ahora está en busca
de ella para recuperar el anillo mágico y poder regresar a su hogar.

Âlfred escucha atentamente la historia de Eleuterio y asiente con seriedad. —Entiendo
la gravedad de la situación. Baba Yaga es una fuerza oscura que puede causar
desastres en nuestro mundo si no la detenemos a tiempo—. Dirige una mirada a sus
compañeros de la Sociedad Secreta y luego vuelve su atención a Eleuterio. —Te
ofrecemos nuestra ayuda para recuperar el anillo y enfrentar a Baba Yaga. Pero
debemos actuar con cautela y preparación. No subestimamos su poder—.

Eleuterio, sorprendido, agradece la ayuda y se siente aliviado de tener a la Sociedad
Secreta de su lado. —Estoy dispuesto a hacer lo que sea necesario para detener a Baba
Yaga y recuperar el anillo. Pero necesitaré la ayuda de mis amigos también—.

Âlfred asiente comprensivamente. —Por supuesto, tus amigos son bienvenidos a
unirse a nuestra causa. Juntos, tendremos una mejor oportunidad para derrotarla—.

Los amigos cruzan miradas entre ellos, sabiendo que el enfrentamiento con Baba Yaga
será peligroso, pero también conscientes de que deben detenerla antes de que cause
más daño en el mundo mágico y en el mundo humano.

—¿Y que pasó cuando entró Baba Yaga en vuestra biblioteca? —pregunta Maverik.

—Supongo que estaba buscando información sobre el anillo mágico y su poder
—comenta Âlfred. —Todavía no sabemos cómo pudo entrar en un lugar tan protegido.
Eso demuestra su gran poder—.

—¿Alguno de los libros ha desaparecido? —pregunta Eleuterio.

—No —responde Âlfred. —Descubrimos que alguien ingresó a la biblioteca y rápidamente la asustamos con sonidos. Desapareció—.

—¿Qué podemos hacer? ¿Cuándo vamos a empezar a buscarla? ¿Saben algo sobre dónde puede estar Baba Yaga? —pregunta Nóruz. —Usted dijo que su sociedad sabe todo sobre cada criatura mágica que existe—.

—Tranquilo, pequeño Nóruz. Ella es muy poderosa y se oculta de nuestra vista. No podemos hacer nada hasta que la descubramos. Pero te aseguro que la encontraremos pronto —responde Âlfred, tratando de calmarlo.

—Mientras la estamos buscando, ¿Podrías hacernos un favor, Eleuterio? Llevas aquí muy poco tiempo y ya has hecho muchas cosas buenas junto a tus amigos. ¿Podríais ayudarnos a detener a un goblin llamado Bardo en la isla de Lanzarote? Van a desaparecer todos los líquenes en esta isla si no lo paramos y eso sería un desastre para la naturaleza —pide Âlfred, preocupado.

—Claro que sí, podéis contar con nosotros —responde Eleuterio. —Pero antes quiero pediros una cosa, por favor. Si sois tan poderosos y sabéis todo sobre cada criatura mágica, ¿Sabéis algo sobre la familia de Nóruz?—.

—Eleuterio, no podemos decirte nada ahora, pero te prometo que haremos todo lo posible para ayudarlo a encontrar a su familia —dice Âlfred.

Los ojos de Nóruz comienzan a brillar al escuchar lo que habían dicho.

—¿Lanzarote? ¿Y cómo vamos a ir allí? Está muy lejos —pregunta Maverik, interrumpiendo.

Âlfred sonríe y saca de su bolsillo una caja exactamente igual a la que utilizaron los hombres de la sociedad en el Delta del Llobregat para llevarlos a Montserrat.

—No os preocupéis —dice Âlfred mientras la abre. —Estaréis allí en un momento—.

En ese instante, en menos de dos segundos, una luz intensa llena la habitación, obligando a Eleuterio, Maverik y Nóruz a cerrar los ojos debido al resplandor.

CAPÍTULO XIII

Los Líquenes de Lanzarote

Eleuterio y sus amigos se encuentran repentinamente en Lanzarote, después de ser deslumbrados por una luz intensa que llenó la habitación. Cuando sus ojos vuelven a la normalidad, se dan cuenta de que están en medio de un paisaje impresionante, con el sol brillando sobre las tierras volcánicas y el mar azul turquesa se extiende hasta el horizonte.

—¡Qué belleza! —exclama Maverik. —Nunca he visto un paisaje como este. Parece de otro planeta—.

—Yo tampoco —dice Eleuterio. —En mi mundo no existe nada parecido—.

—Eleuterio, muchas gracias por preguntar sobre mi familia a Âlfred —dice Nóruz.

—Eres mi amigo y quiero ayudarte —responde Eleuterio mientras los dos se abrazan.

—¿Dónde vamos a buscar al goblin Bardo? ¿Y cómo lo vamos a detener? No nos explicó nada Âlfred sobre lo que tenemos que hacer —pregunta Maverik intrigado.

—No te preocupes, Maverik. Encontraremos al goblin Bardo y detendremos sus malvados planes —afirma Eleuterio. —Vamos a investigar la isla—.

Los tres amigos se ponen en marcha, explorando el paisaje volcánico de Lanzarote en busca de señales que los guíen hacia el goblin. Después de horas recorriendo senderos rocosos y cuevas ocultas, siguiendo cualquier pista que pueda conducirlos, finalmente llegan a un antiguo volcán inactivo. Allí encuentran una entrada secreta a una cueva oscura. Con valentía y sin pensárselo, deciden entrar en las profundidades de la cueva.

Una vez dentro, ven unos pequeños cangrejos blancos huyendo en dirección contraria a ellos. Los amigos saben que algo está ocurriendo más adelante. Finalmente, encuentran lo que buscaban: el goblin Bardo está manipulando extrañas plantas que crecen en las grietas de las rocas. Parecen ser los líquenes de Lanzarote de los que hablaron en la Sociedad Secreta.

—¿Qué vamos a hacer? —,pregunta Nóruz, esperando instrucciones.

—Tengo un plan, pero primero debemos esperar a que Bardo salga de su cueva. Estoy pensando en tenderle una trampa—dice Eleuterio. —He visto una red abandonada en la playa cercana a la entrada de la cueva. Nóruz y yo iremos a buscarla, y Maverik se quedará aquí para vigilar a Bardo—.

Maverik está de acuerdo, colocándose en posición de vigilancia detrás de una roca. —No tardéis mucho. Creo que Bardo pronto saldrá en busca de más líquenes—.

Eleuterio y Nóruz van corriendo hacia la playa cercana buscando una red que había visto antes. Regresan rápidamente con la red en sus manos.

—¿Ya ha salido de la cueva Bardo? —pregunta Nóruz, ansioso por actuar.

—Sí, hace unos minutos —responde Maverik. —Parecía nervioso, como si sospechara algo en su camino—.

—Perfecto —dice Eleuterio. —No podemos perder ni un segundo. Nadie sabe cuándo volverá el goblin—.

Los amigos trabajan rápidamente para preparar la trampa, asegurando la red en el techo de la cueva y dejando una cuerda bien escondida para activarla en el momento adecuado. Una vez que todo está listo, se esconden en las sombras de la cueva, esperando con nerviosismo el regreso de Bardo.

Cuando el goblin finalmente regresa a la cueva, los amigos salen de su escondite decididos y listos para enfrentarse a él y detener sus malvados planes.

—¡Detente, Bardo! —exclama Eleuterio, avanzando hacia él con confianza. —No permitiremos que destruyas estos preciosos líquenes—.

Bardo suelta una risa burlona. —Jajajaja ¿De verdad creéis que podéis detenerme?—

Maverik actúa rápido y tira de la cuerda de la trampa, haciendo que la red caiga sobre Bardo, quien trata de liberarse sin éxito.

—¿Quiénes sois vosotros y qué queréis de mí? —pregunta Bardo, mirándoles asustado.

—Somos Eleuterio, Maverik y Nóruz —dice Nóruz con firmeza. —Y no permitiremos que destruyas esta isla y sus tesoros naturales—.

Bardo, atrapado bajo la red, mira a los amigos con una mezcla de sorpresa y enfado. —No tenéis ni idea de lo que está sucediendo en estas islas —dice con voz ahogada por la tela de la red. —No tengo la culpa de nada. Todo comenzó hace unos meses, cuando un monstruo marino llamado Tempestad llegó a nuestras costas—.

Eleuterio frunce el ceño, intrigado por las palabras del goblin. —¿Qué tiene que ver eso contigo para que estés robando y destruyendo los líquenes? —le pregunta.

Bardo suspira y les explica lo sucedido. —Tempestad tiene a nuestra reina prisionera, la sirena Marina. Desde que él llegó, controla todo en estas islas y nos fuerza a hacer lo que quiere. Nos obliga a entregarle todo lo que pide, en mi caso, estos líquenes. Si nos rebelamos, amenaza con destruirnos a todos—.

Los amigos se miran con preocupación, entendiendo lo seria que es la situación. —¿Qué quiere exactamente este tal Tempestad? —pregunta Maverik, con un nudo en el estómago.

—En resumen, quiere reinar en estas islas y que seamos todos sus esclavos —dice Bardo con desprecio. —Ya lo ha conseguido. La única esperanza sería liberar a la sirena Marina—.

Eleuterio reflexiona en silencio por un momento, intentando idear un plan para enfrentar a este nuevo enemigo. —¿Dónde podemos encontrar a Tempestad? —pregunta finalmente.

Bardo suspira. —Su guarida está en las profundidades del océano, cerca de la isla la Graciosa. Pero no es fácil llegar hasta allí sin ser detectado—.

Los amigos se miran entre sí con decisión. Saben que la misión será peligrosa, pero no pueden permitir que Tempestad continúe con su reinado de terror.

—Entonces, ¿Qué podemos hacer? —pregunta Nóruz, ansioso.

—Vamos a rescatar a la sirena Marina y poner fin al falso reinado de Tempestad. Pero primero, necesitamos un plan —dice Eleuterio mirando a Bardo. —¿Podrías darnos más información sobre lo que sepas? —le pregunta al goblin mientras agarra la cuerda para liberarlo de la trampa.

—No sé mucho más. Cuando recojo los líquenes, los dejo cerca de unas rocas en la playa de arena negra, un lugar discreto pero accesible para las criaturas marinas que están bajo el control de Tempestad. Nunca he podido ver a estas criaturas, no sé quiénes son, pero sé que vienen a buscar los líquenes y los llevan de regreso al fondo del mar —contesta Bardo.

—Y ¿Por qué crees que Tempestad está tan obsesionado con los líquenes? —pregunta Maverik levantando una ceja con curiosidad.

Bardo, el goblin, se rasca la cabeza, pensativo. —Estos líquenes pueden aportar varios beneficios a Tempestad, son útiles para su salud y son considerados elementos mágicos que le pueden ayudar en su gran poder.

—¿Y cómo vamos a ir allí si se encuentra bajo el agua y nosotros no podemos respirar en ella? —pregunta Maverik, preocupado.

Eleuterio suspira, reconociendo el desafío que tienen por delante. —Es un gran problema, querido amigo —reconoce con tristeza.

Sin embargo, Bardo interviene con una sonrisa traviesa tras ser liberado completamente. —No hay ningún problema —dice con confianza. —Tengo muchas cosas mágicas aquí en la cueva que podrían ayudarnos—.

Los amigos se sorprenden cuando Bardo les muestra tres botellas pequeñas de un estante polvoriento. —Tenéis que beber esto antes de entrar al agua —les dice entregándoselas. —Este líquido hará burbujas para que podáis respirar bajo el agua. Durará horas, así que no tenéis que preocuparos—.

Los tres amigos se miran con sorpresa y antes de beber de las botellas Eleuterio observa a Bardo con esperanza y dudas. —¿Estás seguro de que esto funcionará? —pregunta, sosteniendo la botella en la mano.
Bardo asiente con seguridad. —Absolutamente. Lo he utilizado siempre para explorar las profundidades del océano. Confiad en mí—.

Maverik frunce el ceño, aún dudando. —No sé si podemos confiar en un goblin como tú—.

—Yo también desconfío, Maverik —dice Nóruz, tratando de calmar la situación. —Pero no tenemos otra opción. Debemos intentarlo si queremos llegar al reino de la sirena Marina y enfrentarnos a Tempestad—.

Bardo, entonces, les explica que les va a acompañar a la playa para mostrarles el efecto. Una vez que llegan, bebe un poco del líquido y se sumerge en el agua. Pronto, comienzan a salir muchas burbujas de aire, demostrando que el líquido realmente les permite respirar bajo el agua.

Después de pensarlo un momento, los tres amigos aceptan y beben el líquido. Casi de inmediato, sienten un cosquilleo en la garganta y luego una sensación de ligereza que los envuelve.

Eleuterio entra al agua de la orilla de la playa y comienzan a salir burbujas de aire. —¡Es increíble! —exclama Eleuterio, sorprendido por lo bien que funciona el líquido mientras se sumerge —Podemos respirar bajo el agua —afirma después de sacar su cabeza del agua.

—Ya os dije que funcionaría —dice Bardo sonriendo satisfecho.

—¡Gracias por todo, Bardo! —exclama Eleuterio, agradecido. —No olvidaremos tu ayuda. ¡Vamos, rápido amigos, no podemos perder más tiempo!—.

Los amigos se despiden del goblin Bardo, agradeciéndole por su ayuda tan valiosa. Le aseguran que no olvidarán su generosidad y que siempre pueden contar con ellos si alguna vez necesita ayuda. Bardo responde con una sonrisa, deseándoles éxito en su misión y recordándoles que cualquier cosa que necesiten, pueden encontrarlo allí. Con palabras de ánimo y un apretón de manos lleno de amistad, se separan, con la promesa de volver a encontrarse algún día.

—Ya sabéis donde encontrarme. Estaré aquí si alguna vez necesitáis más ayuda. ¡Buena suerte, amigos! Y gracias por ayudarnos en la lucha contra Tempestad —dice Bardo con una sonrisa.

Maverik, con una mezcla de emoción y nerviosismo, avanza hacia la orilla del océano Atlántico, temblando ligeramente y entrando en el agua muy despacio. Eleuterio y Nóruz, notando su preocupación, le ofrecen su apoyo y lo ayudan a entrar al agua.

—Esto es asombroso —murmura Maverik, maravillado por la experiencia de sumergirse en el mundo submarino.

Una vez los tres amigos en el agua, sienten cómo las burbujas se forman a su alrededor, proporcionándoles el oxígeno necesario para respirar.

—¡Amigos, es hora de sumergirnos! —dice Eleuterio con una mirada tranquilizadora.

Eleuterio, Maverik y Nóruz se agarran de las manos y se sumergen juntos en el agua, rodeados de burbujas brillantes que danzan a su alrededor.

CAPITULO XIV

Terror en La Graciosa

Mientras se adentran más y más en las profundidades del océano, los amigos se encuentran con criaturas marinas de todo tipo: peces de colores brillantes, medusas luminiscentes y enormes mantarrayas que parecen deslizarse con gracia a su alrededor.

—¡Guau! ¡Mira eso! —exclama Eleuterio, señalando hacia una inmensa cueva submarina iluminada por una extraña luz azulada. —Creo que nos estamos acercando al reino de la sirena Marina—.

Maverik sigue estando muy nervioso mientras bucean en el agua salada del océano. Es la primera vez que se aventura estas aguas, ya que los duendes, como él, suelen temerle a la sal. Sin embargo, sabe que debe salvar a la sirena Marina.

—¿Te sientes bien, Maverik? —pregunta Eleuterio, notando la expresión de incomodidad en el rostro de su amigo.

—Mmm... me siento un poco extraño —admite Maverik, tratando de acostumbrarse al agua salada que lo rodea. —Pero estoy emocionado por ayudar a Marina—.

—¡Claro que sí!— exclama Eleuterio, animando a su amigo. —No hay tiempo que perder, ¡Vamos a salvarla!—.

Continúan avanzando hacia la luz azul hasta que se encuentran frente a una imponente cueva submarina. La luz proviene del interior.

—¡Esto es increíble! —exclama Nóruz, admirando la vista. —Nunca había buceado a tanta profundidad—.

—Tenemos que tener cuidado —advierte Maverik, mirando cautelosamente a su alrededor. —Quién sabe qué nos espera dentro de esa cueva—.

Con decisión y valentía, los tres amigos se adentran en la cueva submarina, sintiendo la presión del agua a su alrededor mientras se sumergen más y más en lo desconocido.

Pronto, se encuentran rodeados por la belleza y la majestuosidad del reino submarino de la sirena Marina. Unas sirenas danzan con gracia entre las algas, mientras los peces de colores brillantes nadan a su alrededor al ritmo de la música submarina.

—¡Guau! ¡Esto es asombroso! —exclama Nóruz, maravillado por la vista.

—Pero no podemos distraernos —advierte Eleuterio. —Tenemos una misión que cumplir—.

En ese momento, una de las sirenas los ve y rápidamente nada hacia ellos. Son recibidos por todo el grupo de sirenas, que los miran con curiosidad y cautela.

—¿Quiénes sois vosotros y qué hacéis en nuestras aguas? —pregunta una de las sirenas, con una voz melodiosa que resuena en el agua.

—Somos Eleuterio, Maverik y Nóruz —responde Eleuterio con respeto. —Hemos venido para rescatar a vuestra reina, la sirena Marina y poner fin al reinado de Tempestad—.

Las sirenas intercambian miradas de sorpresa y preocupación. —La sirena Marina está encarcelada en su palacio. Lleva mucho tiempo allí, no sabemos nada de ella —dice una de las sirenas con tristeza.

—¿Y porque estáis tan contentas bailando y cantando? —pregunta Maverik intrigado.

—No queremos que nuestra vida anterior cambie. Tratamos de ser felices cuando Tempestad no está cerca —dice una de las sirenas. —Siempre hemos tenido la esperanza de que alguien llegaría para enfrentarlo. Pero no será fácil. Él es muy poderoso y todos le temen en el océano—.

—Entendemos los riesgos, pero no podemos quedarnos de brazos cruzados mientras Tempestad continúa su tiranía —dice Nóruz con valentía. —Por favor, ayudadnos a encontrar a la sirena Marina—.

Las sirenas asienten con seriedad, guiándolos más profundamente en la cueva submarina, donde finalmente llegan a un majestuoso palacio de coral, adornado con conchas y algas marinas.

—Nuestra querida reina, la sirena Marina, está prisionera aquí, este palacio es su hogar pero ahora está encarcelada y sin poder salir —dice una de las sirenas, señalando hacia el palacio. —Debemos advertiros que el peligro es inminente. Tempestad está siempre vigilando—.

—Gracias por vuestra advertencia —responde Eleuterio, expresando su gratitud. —Pero no retrocederemos. Vamos a enfrentarnos a Tempestad y a liberar a Marina—.

Antes de dirigirse hacia la entrada del majestuoso palacio de coral, una de las sirenas se acerca a Eleuterio y le informa de algo importante. —Hay dos vigilantes en la entrada del palacio, pero no os preocupéis —les tranquiliza. —Nosotras nos encargaremos de distraerlos para que podáis entrar sin problemas—.

Con valentía, los amigos se encaminan hacia el imponente palacio de coral, listos para enfrentar lo que sea que encuentren en su interior. La tensión en el aire es palpable mientras se acercan al lugar, donde suponen que encontrarán a Marina y, posiblemente, a Tempestad.

Tal y como les advirtió una de las sirenas, al llegar a la entrada del palacio, se encuentran con los dos vigilantes de Tempestad, pero de repente las sirenas aparecen frente a ellos bailando y comienzan a cantar, mientras ellos se suman al baile.

Aprovechando la distracción, los amigos entran rápidamente. Al adentrarse en el salón, quedan maravillados por la belleza del lugar. Columnas de coral se alzan hacia el techo, bañadas por una suave luz azul que llena la sala. En el centro, sobre un trono de conchas y perlas, se encuentra la radiante y cautivadora sirena Marina.

—¡Hola! ¿Quiénes sois y cómo habéis llegado aquí? —pregunta Marina asustada.

—Hola Marina, somos Eleuterio, Maverik y Nóruz. Un goblin llamado Bardo, habitante terrestre de la isla de Lanzarote, nos explicó la situación y nos entregó un elixir para que pudiéramos respirar bajo el agua y así venir a ayudarte. Cuando llegamos, unas sirenas que están aquí fuera entretuvieron a los vigilantes para que pudiéramos entrar y rescatarte —explica Eleuterio.

—¡Que sorpresa! —exclama la sirena Marina con entusiasmo. —Estoy realmente sorprendida. ¡Bienvenidos, valientes viajeros! Me alegra mucho que hayáis venido a rescatarme. He estado prisionera en este lugar durante mucho tiempo, sin poder salir, mientras Tempestad reina y amenaza a todos los habitantes de las islas—.

—Tranquila, el reinado de Tempestad ha terminado. Ahora mismo vamos a derrotarle —afirma Eleuterio.

—¿Ahora? ¿Cómo? Debéis tener cuidado. Tempestad es un enemigo muy poderoso y astuto —dice Marina con voz temblorosa y llena de dudas.

— No tenemos miedo a Tempestad —responde Maverik. —Estamos preparados para enfrentarnos a cualquier desafío que se nos presente—.

Eleuterio se acerca a Marina con una mezcla de esperanza y ansiedad palpable en su voz. —Queremos preguntarte algo Marina. ¿Conoces algo que pueda asustar a Tempestad, algo que pueda derrotarlo?—.

Marina, con sus ojos centelleantes y su cola de pez ondeando suavemente, mira a Eleuterio con optimismo antes de responder. —Sé que Tempestad teme la luz directa del sol —comenta. —Por eso nunca sale del agua; se dice que puede petrificarse fuera de ella. Pero nadie ha logrado llevarlo a la superficie—.

—Además —continúa Marina con una sonrisa esperanzada —Sé que en la isla de la Graciosa vive un gnomo llamado Eduardo. Tiene una taberna para criaturas mágicas y una colección de objetos muy poderosos. Tal vez pueda ayudaros—.

Eleuterio se ilumina ante la idea de encontrar un aliado en la superficie. —¡Eso suena genial! ¿Dónde podemos encontrar al gnomo Eduardo?—

Marina inclina la cabeza hacia la superficie, señalando en la dirección de la isla. —La taberna de Eduardo está en la costa norte de la isla de la Graciosa. Es un lugar acogedor y seguro para criaturas como vosotros—.

—Entonces, ¿Crees que Eduardo estaría dispuesto a ayudarnos en esto? —pregunta Nóruz con curiosidad.

—¡Por supuesto! Si alguien puede ayudaros a enfrentar a Tempestad, ese es Eduardo. Él es conocido por su amabilidad y su habilidad para encontrar soluciones creativas a los problemas, pero probablemente no haya podido hacer nada porque también está amenazado por Tempestad —explica Marina con una mezcla de esperanza y tristeza en su voz.

Justo en ese momento, una sombra oscura se desliza por la entrada del salón. Todos se giran y ven de lejos a Tempestad, un monstruo marino imponente con escamas relucientes y ojos llenos de malicia.

—¡Oh no, es Tempestad —dice Marina con voz temblorosa mientras empieza a moverse de un lado a otro intentando tapar a Eleuterio y sus amigos. —Quizás ha detectado vuestra presencia. Debéis iros cuanto antes—.

Los amigos intercambian miradas de preocupación, comprendiendo la gravedad de la situación. Saben que deben actuar con rapidez y cautela si quieren tener alguna posibilidad de éxito en su misión.

—¡Rápido! ¡Si Tempestad descubre que estamos aquí, nos capturará a todos! —exclama Maverik con nerviosismo.

—Maverik tiene razón —dice Eleuterio, agarrando de las manos a sus compañeros. —Debemos marcharnos ahora mismo. Regresaremos más preparados para enfrentar a Tempestad y liberarte Marina—.

Los amigos salen rápidamente por una pequeña ventana del palacio de coral, sabiendo que su misión está lejos de terminar. Mientras tanto, Tempestad observa desde la oscuridad, con sus ojos llenos de un mal que acecha en las profundidades del océano.

Cuando finalmente llegan a la isla de la Graciosa, Maverik respira con alivio, disfrutando de la sensación de respirar aire sin burbujas. —¡Por fin puedo respirar aire fresco! —exclama Maverik, tomando grandes bocanadas de aire.

Eleuterio señala hacia el norte de la isla, recordando las indicaciones de la sirena Marina. —Estamos justo al norte de donde nos dijo Marina. Vamos a buscar a

Eduardo, el gnomo de la taberna—.

Mientras caminan y exploran la isla en la búsqueda de la taberna de Eduardo, Eleuterio y Maverik se dan cuenta de que han perdido de vista a Nóruz. El pánico se apodera de ellos y comienzan a buscarlo desesperadamente.

—¡Nóruz! ¡¿Dónde estás?! —grita Eleuterio, mirando nervioso a todo su alrededor.

Durante la desesperante búsqueda, se encuentran de frente con la taberna del gnomo Eduardo. Entran para preguntar si han visto a su amigo Nóruz y justo en ese momento, lo encuentran en el interior de la taberna, disfrutando de un plato de papas arrugadas con mojo picón.

—¡Nóruz, estás aquí! —exclama Maverik, aliviado al ver a su amigo a salvo.

Nóruz levanta la mirada con una sonrisa despreocupada. —¡Amigos, habéis tardado tanto! Tenéis que probar estas deliciosas papas arrugadas, ¡Son increíbles!—

Con una mezcla de alivio, nervios y diversión, los amigos se sentaron en la mesa acogedora de la taberna junto a Nóruz, hablando de lo ocurrido mientras saborean las especialidades locales.

El gnomo Eduardo, que está ocupado sirviendo a otros clientes en la taberna, se acerca a la mesa de los amigos con una sonrisa amistosa.

—¡Bienvenidos! ¿Puedo ayudaros en algo, amigos míos?—.

Eleuterio le explica todo lo sucedido con el goblin Bardo y la sirena Marina, además de mencionar la debilidad de Tempestad. Le comenta que Marina sugirió que podrían solicitar su ayuda para liberarla.

Eduardo asiente con seriedad. —Aquí, lamentablemente, no puedo hacer mucho por vosotros. Pero esperad un momento. —dice mientras se dirige hacia una puerta en el interior.

Al volver, trae consigo un objeto. Es un bastón de cobre con un tapón. Bajo el tapón se encuentra una piedra verde y brillante llamada olivina, la cual tiene mucho poder. La forma de abrir el bastón es un misterio, pero conozco a alguien que quizás pueda ayudaros.
Hay una antigua tortuga marina llamada Tortulio, que ha vivido en estas aguas durante muchos años. Se dice que conoce todos los secretos del océano. Seguramente él sabrá cómo usarlo correctamente—, explica Eduardo.

—¡Genial! ¿Dónde podemos encontrar a Tortulio? —pregunta Maverik, ansioso por obtener más información.

Eduardo los acompaña hacia la puerta de salida de la taberna y señala hacia el sur de la isla. —Podéis encontrar a Tortulio en una cueva submarina al sur de la costa. Es sabio y paciente, pero recordad tratarlo con respeto—.

Los amigos le agradecen a Eduardo su ayuda y se disponen a seguir su consejo. Se encaminan hacia la cueva submarina al sur de la isla, ansiosos por encontrar a Tortulio y saber cómo derrotar a Tempestad.

Al llegar a la cueva submarina, iluminados por la suave luz que se filtra desde la superficie, se adentran en la oscuridad de la cueva, en busca de la anciana tortuga marina.

Finalmente, encuentran a Tortulio descansando en el fondo de la cueva, rodeado de algas y corales. Su caparazón gastado y su mirada sabia indican que ha visto muchos años de vida en el océano.

—Saludos, Tortulio —dice Eleuterio con respeto. —Somos Eleuterio, Maverik y Nóruz, y hemos venido en busca de tu sabiduría por recomendación del gnomo Eduardo—.

Tortulio levanta la cabeza con curiosidad, observando a los tres amigos con sus ojos ancianos. —¿Qué os trae a mi humilde morada, jóvenes?—.

Eleuterio explica todo lo sucedido y su misión para derrotar a Tempestad y salvar a la sirena Marina, así como su encuentro con Eduardo y la sugerencia de buscar a Tortulio para obtener ayuda. —Estamos buscando información sobre cómo derrotar a Tempestad y cómo utilizar este bastón de cobre con olivina que nos dio Eduardo —agrega Maverik, mostrando el objeto.

Tortulio examina el bastón con interés, acariciando suavemente la punta con su aleta. —Este bastón es una herramienta poderosa, pero debe usarse con cuidado —dice Tortulio, fijando su mirada en todos ellos con intensidad.

—La fuerza de la olivina combinada con la presión del agua puede crear un remolino lo suficientemente fuerte como para empujar a Tempestad hacia la superficie. Es muy fácil abrirlo; cuando esté en el agua, podréis hacerlo sin problemas. Sin embargo, encontrar a Tempestad puede ser un desafío. No siempre está en el palacio de la reina sirena Marina, ya que sus vigilantes la controlan. Tempestad se mueve por el océano con astucia, sorprendiendo a todas las criaturas con su aparición y evitando ser detectado. Pero hay lugares donde es más probable encontrarlo con seguridad—.

Eleuterio, Maverik y Nóruz escuchan atentamente las palabras de Tortulio, ansiosos por aprender todo lo que puedan sobre cómo enfrentarse a Tempestad y tener éxito en su misión. Saben que el tiempo avanza y que cada momento perdido podría significar más sufrimiento para Marina y su reino.

Tras las explicaciones, Tortulio les indica que se agarren a su caparazón y los lleva hasta donde es posible que se encuentre Tempestad. Los amigos suben encima del caparazón gigante de la tortuga y los lleva hacia una zona en la oscuridad más profunda. Tortulio ha acertado en su dirección y pronto ven la imponente figura de Tempestad. Con un gran rugido, Tempestad comienza a lanzar ataques con furia hacia ellos, moviendo las aguas con una fuerza devastadora.

—Tortulio, ¡Debemos de actuar ahora! —exclama Eleuterio, agarrándose muy fuerte al caparazón de la tortuga mientras las olas golpean contra ellos.

Tortulio, con agilidad y destreza, desvía los ataques de Tempestad —¡Es el momento! Abre el bastón y comienza a moverlo en círculos. Todo debe ser rápido, no podemos perder tiempo —exclama Tortulio.

En ese instante, Eleuterio abre el bastón con facilidad y contempla la piedra brillante de un verde resplandeciente. Sin perder un segundo, comienza a mover el bastón con movimientos circulares, creando un remolino gigante que atrapa a Tempestad de inmediato, arrastrándolo hacia la superficie junto a ellos.

A medida que son llevados hacia la luz del sol, todo el agua comienza a temblar y la oscuridad que rodea a Tempestad se transforma lentamente en piedra debido a la cercanía de la luz. Con la ayuda del gran nadador que es Tortulio, logran salir del remolino y escapan hacia la superficie, observando cómo Tempestad se convierte en una roca gigante que parece un islote más en el paisaje de las islas.

—¡Lo hemos logrado! —exclama Maverik, asombrado por el espectáculo que están viendo.

—Gracias, Tortulio. Sin tu sabiduría y tu valentía, no habríamos podido hacerlo —dice

Nóruz, mientras acaricia la cabeza de la anciana tortuga marina.

Tortulio sonríe, contento de haber contribuido a la derrota de Tempestad y al rescate de la sirena Marina. —Ha sido un honor ayudarlos, jóvenes viajeros. Ahora, el océano será un lugar más seguro para todos—.

Con una sensación de triunfo y tranquilidad, los amigos ven la figura petrificada de Tempestad, sabiendo que han cumplido su misión y que la paz ha regresado.

Después de derrotar a Tempestad, Tortulio lleva a los amigos de regreso al reino de Marina, donde encuentran que los vigilantes ya no están bajo la influencia de la maldición. Liberar a Marina resulta más fácil de lo esperado.

Tras el rescate, después de las celebraciones y danzas de los habitantes del reino, los amigos se despiden. Mientras los amigos se agarran en el caparazón de Tortulio para ir hacia la superficie, Marina se posiciona frente a ellos.

—Amigos, esperad un momento! —exclama Marina.

—¿Qué pasa, Marina? —pregunta Eleuterio.

—No puedo dejar de sentir esta emoción. Voy a acompañaros hacia la superficie. Necesito estar con vosotros cuando sienta la brisa en mi rostro y el sol en mi piel, como recordatorio de que estoy verdaderamente libre—.

—¡Por supuesto, Marina! ¡Será un honor que nos acompañes! — exclama Maverik.

Juntos y llenos de alegría, salen a la superficie y llegan a la costa, donde se encuentra la taberna de Eduardo.

Eleuterio da las gracias, mostrando lo agradecidos que están todos. —Tortulio, no podríamos haberlo hecho sin ti—.

—Fue un honor acompañaros en esta travesía. Ahora debo regresar a mi morada en las profundidades del océano, donde el misterio y la calma reinan—. Sus palabras resuenan en el agua, envueltas en una atmósfera de seriedad y respeto.

Lentamente, con la majestuosidad de un antiguo sabio marino, Tortulio se sumerge en las aguas cristalina. Cada movimiento de sus aletas es elegante y fluido, como una danza ancestral que solo los océanos pueden presenciar. Mientras desciende hacia las profundidades, su presencia transmite una sensación de paz y sabiduría.

Mientras tanto, Marina, reposando sobre una roca, dirige unas palabras de agradecimiento a los amigos por su valentía. Con una voz suave y melodiosa, comienza a cantarles en señal de gratitud.

Emocionados e impresionados por el gesto de Marina, los amigos se despiden con salpicaduras de agua y vuelven a la taberna de Eduardo. Allí, celebran con los demás habitantes del reino lo que han logrado, brindando por el fin de la amenaza de Tempestad y por la recuperación de la paz en el océano.

CAPÍTULO XV

Las Meigas de Galicia

El sol empieza a descender sobre el horizonte, tiñendo el cielo con tonos cálidos mientras Eleuterio, Maverik y Nóruz se disponen a volver a sus hogares desde las Islas Canarias. Sin embargo, su vuelta se ve interrumpida por la llegada inesperada de un mensajero alado.

—¡Una gaviota con un mensaje! —exclama Maverik, señalando al ave que se acerca.

Eleuterio extiende su mano para recibir el mensaje, que lleva un sello con la letra "M" en el centro. Comienza a leerlo intrigado. —¡Es Âlfred! —dice Eleuterio con su rostro lleno de preocupación. —Parece que Flurry está en problemas—.

—¿Qué dice el mensaje? —pregunta Nóruz, ansioso por conocer los detalles.

—Flurry ha sido raptado por las meigas en Galicia. Su hermano Qüinlyn solicita ayuda para rescatarlo —lee Eleuterio en voz alta.

—¡Tenemos que ir a ayudar a Flurry! —exclama Maverik.

—Flurry es tan valiente que quiso enfrentarse a las meigas solo y no pudo con ellas. Debemos estar preparados —dice Nóruz con una expresión pensativa y triste.

—¿Qué opciones tenemos para llegar a Galicia lo más rápido posible? —pregunta Eleuterio, mirando a su alrededor en busca de ayuda.

El pequeño gnomo Eduardo se acerca a ellos, con una expresión seria en su rostro.

—¡Eduardo! ¿Sabes cómo podemos llegar rápido a Galicia? —pregunta Maverik, esperanzado, mientras le explica la situación.

—Conozco a una ballena en el océano que puede llevaros hasta allí en poco tiempo —responde Eduardo, señalando hacia el océano.

Con esperanza, Eleuterio, Maverik y Nóruz se dirigen hacia la costa, listos para embarcarse en su misión de rescate.

Al acercarse al borde del océano, ven a una majestuosa ballena emergiendo de las profundidades, lista para llevarlos a su destino.

—¡Espero que esta ballena sea tan rápida como dice Eduardo! —exclama Maverik, con una mezcla de emoción y nerviosismo.

—¡No hay tiempo que perder! Subamos y vamos hacia Galicia —dice Eleuterio, liderando el camino hacia la ballena.

Con un salto desde las rocas, los tres amigos se suben al lomo de la ballena, agarrándose con firmeza mientras comienza a moverse y a nadar a gran velocidad, esquivando las grandes olas de la superficie.

Mientras la ballena los lleva a través del océano, los amigos comentan sobre los planes para rescatar a Flurry.

—¿Dónde estará Flurry ahora? —pregunta Nóruz con su voz llena de preocupación.

—Las meigas son muy peligrosas. Espero que Flurry esté bien y no le hagan daño —continúa Nóruz.

—Sí, las meigas son realmente peligrosas —asiente Eleuterio con seriedad.

—Flurry es valiente, pero a veces actúa impulsivamente —agrega Maverik. —No entiendo por qué decidió enfrentarse solo a las meigas—.

—Él solo quería ayudar —interviene Nóruz, muy preocupado por su amigo perdido.

Mientras avanzan, la preocupación se intensifica en sus corazones, imaginando los posibles peligros que Flurry enfrenta.

—¿Cómo encontraremos a Qüinlyn? —pregunta Nóruz, buscando una chispa de esperanza.

—En la carta que nos trajo la gaviota mencionaba que nos esperaría en la costa de La Coruña —dice Eleuterio. —Confío en que tenga un plan para rescatar a Flurry—.

A medida que se acercan a la costa, la ansiedad crece en ellos, pero al ver la figura de Qüinlyn, un suspiro de alivio escapa de sus labios.

—¡Qüinlyn! —exclaman todos al mismo tiempo, corriendo hacia él con una mezcla alegría y nerviosismo.

Qüinlyn es un pequeño troll de origen danés dedicado a la electricidad y dotado de poderes eléctricos. Es el creador del dispositivo de comunicación de Flurry, su hermano pequeño. Tiene una melena larga y abundante de color negro, y su piel es morena. Sus ojos son grandes, redondos y negros, siempre acompañados de una sonrisa simpática.

A pesar de ser más tranquilo y hogareño que su hermano, Qüinlyn está siempre dispuesto a ayudar a los demás. Suele llevar consigo un alicate para cualquier eventualidad relacionada con la electricidad. Viste un mono de color azul claro y una camiseta blanca, prefiriendo moverse descalzo como Flurry para desplazarse más rápido.

Aunque no es muy amante de la aventura, acepta su naturaleza y se muestra tal como es. Al igual que Flurry, tiene como mascota un reno pequeño llamado Flafery, regalo de nacimiento de su familia.

QÜiNLYN

Tras los saludos, Qüinlyn les explica al grupo todo lo que sabe sobre las meigas y la importancia de buscar ayuda en Santiago de Compostela.

—Deberíamos buscar a Ferreiro, un trasno sabio que conoce los secretos de las meigas —sugiere Qüinlyn. —Él puede ser nuestra clave para salvar a Flurry—.

El grupo se encamina hacia Santiago de Compostela, con la esperanza de encontrar a Ferreiro y poder salvar a Flurry.

En su camino hacia Santiago de Compostela, Qüinlyn les explica historias a Eleuterio, Maverik y Nóruz sobre lo valiente que siempre ha sido Flurry. La brisa fresca de Galicia les acaricia el rostro mientras avanzan hacia su destino.

Finalmente, llegan a Santiago de Compostela y se dirigen a la casa del trasno anciano Ferreiro, ubicada en lo alto de una imponente secuoya.
Al ver la casa situada en una secuoya, Eleuterio se entristece profundamente al recordar su hogar en el Bosque Mágico, que se encuentra dentro de una secuoya parecida.
Al llegar, dan unos golpes en la puerta y esperan a que les abra Ferreiro. La presencia del sabio trasno genera respeto y confianza en el corazón de los amigos, quienes lo saludan con respeto.

—Hola Ferreiro, necesitamos su ayuda urgente para salvar a Flurry —dice Qüinlyn, con firmeza en su voz.

El anciano trasno los invita a entrar en su acogedora morada, donde les ofrece té mientras ellos explican lo sucedido. Ferreiro, a continuación, les relata una antigua leyenda de Galicia que ha sido transmitida de generación en generación.

—Según la leyenda —comienza Ferreiro con su voz resonando con sabiduría ancestral. —Existe una manera de vencer a las meigas. Se trata de una poción especial elaborada con una hierba muy extraña y única que crece en lo más profundo del bosque, cerca de la aldea Orosa—.

Los amigos prestan mucha atención, fascinados por la interesante historia que les está explicando.

—Esta hierba es extremadamente difícil de encontrar —continúa Ferreiro, —pero si logran obtenerla y la combinan correctamente, podrán neutralizar el poder de las meigas y salvar a su amigo Flurry—.

—¿Dónde podemos encontrar esta hierba? —pregunta Maverik, ansioso por poner en marcha la misión.

Ferreiro señala hacia el horizonte, donde se alzan los imponentes bosques de Galicia. —Deben aventurarse en lo más profundo del bosque, cerca de la aldea Orosa. Allí es donde crece la hierba que buscan, pero tengan cuidado, el bosque está lleno de peligros y misterios—.

—En Orosa viven dos amigos míos, la vaca Cuca y el burro Lucas. Ellos conocen cada rincón de su hogar y pueden ayudarles a encontrar la hierba mágica —agrega Ferreiro.

Los amigos se despiden de Ferreiro agradecidos por su guía, y se preparan para emprender la búsqueda de la hierba que podría salvar a Flurry.

Al llegar a la aldea Orosa, Eleuterio, Maverik, Nóruz y Qüinlyn están muy sorprendidos y con la boca abierta al ver la hermosa naturaleza que rodea a esta aldea.

—Creo que es este bosque —señala Maverik, apuntando hacia un magnífico bosque de eucaliptos.

—Sí, y al lado del bosque están Cuca y Lucas —dice Nóruz al ver a la vaca y al burro pastando una deliciosa hierba.

—Vamos a presentarnos —propone Eleuterio. —A ver si nos pueden ayudar en la búsqueda de la hierba mágica—.

Los amigos se acercan al lugar donde están pastando la vaca y el burro, y Eleuterio comienza a hablar con Cuca.

—Hola, ¿Sois Cuca y Lucas, verdad? Somos Eleuterio, Maverik, Nóruz y Qüinlyn. Estamos buscando la hierba mágica para vencer a las meigas y salvar a nuestro amigo Flurry. El duende Ferreiro, que vive en Santiago de Compostela, nos dijo que nos podríais ayudar en la búsqueda—.

—Encantada de conoceros —responde la vaca Cuca. —Claro que podemos ayudaros. Ferreiro es nuestro buen amigo. Conocemos cada rincón de este lugar. Además, esta hierba tiene un buen sabor —continúa Cuca, cuando de repente escuchan la risa de Nóruz.

Al girarse, ven a Lucas lamiendo la cara y barriguita de Nóruz con simpatía mientras está tumbado en la hierba, riéndose por las cosquillas.

—Creo que a Lucas le ha caído bien vuestro amigo —comenta Cuca sonriendo y alegre.

—A mí también me ha caído muy bien Lucas, es muy cariñoso —contesta Nóruz mientras juega con él.

Eleuterio, Maverik, Nóruz, Qüinlyn, junto a Cuca y Lucas se preparan para adentrarse en el bosque en busca de la hierba mágica.

El aire fresco rodea el espeso bosque, donde se oye el susurro de las hojas y el canto de los pájaros mientras avanzan. Sin embargo, también notan los peligros y los misterios, como les había dicho Ferreiro. Aun así, con la ayuda de Cuca y Lucas, se sienten seguros.

—¿Cuál es el aspecto de la hierba mágica? —pregunta Nóruz, mirando por cada rincón del bosque en busca de cualquier pista.

—Tiene un color verde vibrante y resplandeciente, y un aroma dulce y fresco —responde Cuca, liderando el grupo con su conocimiento del bosque.

—Ojalá que no le pase nada malo a Flurry y que lo salvemos muy rápido —dice Qüinlyn, pensativo y preocupado por su hermano.

De repente, Cuca detiene su paso y señala hacia adelante. —¡Mirad! Creo que hemos llegado al lugar donde crece la hierba mágica—.

Los amigos se acercan con cuidado, observando con atención el suelo cubierto de musgo y helechos. Y allí, justo frente a ellos, brilla una pequeña planta con hojas de un verde intenso, irradiando una energía mágica.

—¡La encontramos!—exclaman todos, sintiendo una gran alegría y alivio.

Con mucho cuidado, Eleuterio recoge la hierba mágica con destreza, asegurándose de no dañarla para que pueda seguir creciendo y ayudar a otros en el futuro.

—Os lo agradecemos muchísimo, Cuca y Lucas. Sin vuestra ayuda, no podríamos encontrar esta hierba tan rápido —dice Eleuterio —ahora tenemos que regresar a la casa de Ferreiro para preparar la poción y salvar a Flurry —dice Eleuterio.

—Adiós, Cuca y Lucas —dice Nóruz —Espero volver a veros algún día—.

De regreso a la casa de Ferreiro, los amigos preparan la poción siguiendo las instrucciones del sabio trasno. Con cada ingrediente agregado, sienten la magia en el aire, alimentando sus esperanzas de éxito. —Espero que esta poción funcione —murmura Maverik, con los dedos cruzados.

Finalmente, la poción está lista, desprendiendo un brillo dorado que ilumina la habitación. Con cuidado, los amigos la guardan en frascos pequeños, listos para llevarla consigo en su misión de rescate. —Es hora de enfrentarnos a las meigas y salvar a Flurry —dice Qüinlyn, su voz llena de valentía.

Ferreiro se despide y abraza a cada uno de ellos, luego le entrega a Eleuterio un mapa con instrucciones sobre la ubicación del bosque tenebroso donde habitan las meigas junto a un pequeño texto. —Podría ser un enfrentamiento bastante complicado, y tal vez no tendrán la oportunidad de usar la poción. Si algo grave sucede, aprende este pequeño hechizo. Atraerá a los espíritus del bosque para que os ayuden—.

Con el corazón lleno de esperanza y valentía, Eleuterio, Maverik, Nóruz y Qüinlyn agradecen al trasno sabio Ferreiro y se encaminan hacia el lugar donde Flurry está prisionero, preparados para enfrentar cualquier desafío y salvar a su amigo.

El bosque tenebroso está envuelto en un silencio inquietante mientras se acercan al oscuro lugar donde se sospecha que las meigas habitan. Con la poción en sus manos y la amistad como su mayor fortaleza, están listos para rescatar a Flurry.

—Estamos cerca —susurra Eleuterio con el mapa en su mano y señalando un cartel de madera colgado en un árbol con la frase "As Meigas, habelas, hainas" como señal de aviso.

De repente, se encuentran con unos palos de madera clavados en el suelo que señalan hacia la entrada de una cueva amenazante ante ellos. Un escalofrío recorre sus espaldas mientras se preparan para lo que les espera dentro.

Con valentía, Eleuterio lidera el grupo hacia la entrada de la cueva, con sus amigos siguiéndolo de cerca, listos para enfrentarse a cualquier peligro por salvar a Flurry.

Al adentrarse en la oscura caverna, son recibidos por un coro de risas malévolas y destellos de luz de las meigas que danzan en las sombras.

—¡Han venido a rescatar a su amigo! Muajajajaja —exclama una de las meigas, con una sonrisa torcida en su rostro pálido.

Las meigas comienzan a atacar con furia, lanzando rayos y conjuros hacia ellos.

—¡Corred! —grita Eleuterio, mientras el grupo sale de la cueva a toda velocidad.

En su prisa por escapar, Nóruz tropieza y la poción que llevaba consigo se cae al suelo y se rompe en mil pedazos. Él continúa corriendo y consigue salir sin problemas pero muy asustado.

Al salir de nuevo bosque, se esconden entre los árboles, tratando desesperadamente de evitar los ataques de las meigas que los persiguen.

—¡No permitiré que le hagan daño a mi hermano Flurry! —exclama Qüinlyn, saliendo valientemente de su escondite.

Con un movimiento rápido, Qüinlyn lanza la poción hacia una de las meigas más cercanas. Sin embargo, antes de que pueda alcanzarla, la botella es destrozada por un hechizo de la meiga.

—¡Oh no! —exclama Maverik, viendo cómo la poción desaparece.

Pero antes de que puedan reaccionar, la meiga más poderosa lanza un hechizo paralizante que deja a todos inmovilizados. En ese momento de desesperación, Eleuterio recuerda las palabras de Ferreiro sobre un hechizo secreto que podría salvarlos. Con todas sus fuerzas, pronuncia las palabras mágicas en voz alta.

"Espíritos do Bosque, Acudide ao meu chamado, contra as meigas, protexede-nos, con vosa forza e protección."

De repente, una luz blanca comienza a surgir de todas partes, y los espíritus del bosque aparecen para ayudar a los intrépidos aventureros. Forman un circulo alrededor de ellos y en ese instante, con el apoyo de los espíritus del bosque, Eleuterio, Maverik, Nóruz y Qüinlyn recuperan su libertad y comienzan a luchar contra las meigas.

—¡Ahora es nuestra oportunidad! —exclama Eleuterio que junto a Maverik lanzan las pociones hacia las meigas con puntería.

Las meigas, al ser alcanzadas por las pociones, quedan paralizadas y envueltas en un humo verdoso, con su magia anulada por el efecto de la poción.

Eleuterio, Maverik, Nóruz y Qüinlyn aprovechan la oportunidad para entrar de nuevo a la cueva y liberar a Flurry de su cautiverio.

—¡Amigos! ¡Sabía que me encontraríais! —exclama Flurry sorprendido.

Una vez dentro, desatan las cadenas que lo ataban y lo llevan a salvo fuera de la cueva.

Al salir a la luz del día, Flurry mira a sus amigos y a su hermano con emoción y alivio. —¡Gracias por venir a rescatarme! —dice con los ojos llenos de lágrimas.

—No hay nada que agradecer, Flurry. Los amigos siempre están ahí el uno para el otro —responde Eleuterio, sonriendo.

—Me alegro de verte sano y salvo, hermanito— dice Qüinlyn, abrazando a Flurry.

—Yo también —contesta Flurry. —Pero no pensaba que después de tantos años sin vernos nos veríamos en una situación así—.

—Lo importante es que te hemos podido liberar y estás bien —dice Qüinlyn, acariciando la melena de su hermano.

—Debemos irnos ya —dice Maverik con preocupación. —No sabemos cuánto tiempo durará el efecto de la poción—.

—Esperad —dice Flurry. —Escuché la conversación de las meigas con Baba Yaga—.

—¿Baba Yaga estuvo aquí? —pregunta Eleuterio, muy nervioso.

—Sí. Siento decírtelo, mi querido amigo, pero han pasado muchas horas, casi un día, y no sé si todavía tenemos tiempo—.

—¿Las meigas le han dicho cómo utilizar el anillo mágico? —pregunta Eleuterio, muy preocupado.

—No, ellas no saben cómo funciona el anillo. Pero conocen a un hechicero, es el único que puede ayudar. Él posee el libro más poderoso del mundo. Su castillo está en Asturias. Y Baba Yaga ha ido hacia allí—.

—¡Tenemos que ir allí urgente! —exclama Maverik.

—Flurry, debes estar muy cansado. No puedes venir ahora con nosotros. Qüinlyn te llevará a su casa para que descanses bien —dice Eleuterio.

—No, estuve demasiado tiempo en manos de las meigas sin poder ayudaros. Ahora es mi turno. Estoy bien y estoy muy feliz de estar con vosotros de nuevo —responde Flurry. —Pensé que podría ayudarte a encontrar a Baba Yaga y tu anillo mágico, así que vine yo solo a Galicia para enfrentarme a ella, pero las meigas son más inteligentes de lo que pensaba y me secuestraron rápidamente —explica apoyando una mano en el hombro de Eleuterio.

—Eres muy valiente, amigo mío, y te agradezco muchísimo —dice Eleuterio. —Pero te necesitamos sano y salvo con nosotros. Juntos podemos vencer a Baba Yaga y recuperar mi anillo —dice mientras lo mira con sus ojos brillantes. —Ahora nos vamos a Asturias. Espero que no sea demasiado tarde —agrega.

—Yo también voy con vosotros —dice Qüinlyn. —Ahora que por fin salvamos a Flurry, quiero estar con mi hermanito más tiempo y ayudaros en todo lo que pueda—.

Juntos, se encaminan hacia Asturias, donde Baba Yaga se ha dirigido en busca del hechicero.

CAPITULO XVI

Perdidos en Asturias

El grupo se aventura en un denso bosque en las montañas de Asturias. La noche está oscura y la única luz proviene de las estrellas en el cielo. A medida que avanzan, la oscuridad se vuelve más intensa. De repente, una densa niebla comienza a aparecer a su alrededor. En cuestión de segundos, se ven envueltos en el espeso humo, perdiendo la visión por completo. La angustia los invade mientras intentan mantenerse juntos, pero la niebla los separa y se dan cuenta de que están perdidos.

Tras unos segundos de desesperación y los amigos llamándose los unos a los otros, Nóruz puede ver entre la densa niebla la figura de sus padres. Con un grito de alegría, corre hacia ellos y los abraza con fuerza, sintiendo el cálido abrazo que tanto había esperado durante años.

—Mamá, papá, ¡Sois vosotros! ¡Estáis aquí! —exclama Nóruz entre lágrimas, sintiendo miles de emociones recorriendo su cuerpo.

—Mi querido hijo, te hemos estado buscando. Estamos aquí para estar contigo —dice su madre, acariciándole el cabello con ternura.

Pero de repente, un ruido muy fuerte y una avalancha de agua cae sobre ellos, arrastrándolos violentamente. Nóruz se agarra con desesperación a sus padres, luchando contra la fuerza del agua que amenaza con llevárselos.

—¡No os preocupéis, os salvaré! —grita Nóruz, intentando mantener la calma mientras lucha contra la corriente.

—Nóruz, no te arriesgues, ¡Vete! —grita su padre, tratando de proteger a su hijo en medio del peligro.

Nóruz se suelta y se lanza al agua, decidido a rescatarlos. Sin embargo, apenas logra avanzar unos metros cuando la corriente lo arrastra violentamente.

Nóruz, desesperado y sin poder contener las lágrimas, lucha por mantenerse a flote, pero de repente el agua lo arrastra hacia la orilla.

—¡Nóruz, no nos olvides jamás! —exclama la madre de Nóruz, luchando por mantenerse a salvo.

El dolor y la desesperación se reflejan en los ojos de Nóruz mientras observa impotente cómo la corriente se lleva a sus padres, llevándose consigo una parte de su corazón. Sus lágrimas y su voz se pierden en el sonido del agua, mientras su mundo se destroza ante sus ojos. En un último esfuerzo por rescatarlos, Nóruz, decidido, intenta lanzarse nuevamente al agua, pero alguien le sujeta por la espalda, impidiéndole hacerlo.

Desde la densa niebla emergen unos duendes. Maverik los reconoce al instante, son antiguos compañeros de su infancia. A medida que se acercan, los malos recuerdos le vienen a su mente y recuerda cómo fue tratado por ellos en el pasado.

Los duendes lo rodean, y sus palabras crueles duelen como cuchillos cortantes en el aire.

—¡Mira quién ha vuelto! —exclama uno de ellos con burla —El duende de los ojos de colores.

Maverik siente cómo su corazón late más rápido y sus manos se tensan, tratando de controlar todas las emociones que lo atormentan. No puede evitar recordar lo mal que lo pasó cuando la gente no aceptaba su forma de ser única.

—¡Fuiste un error, Maverik! —grita otro duende —¡Nunca fuiste uno de nosotros y nunca lo serás!—.

—¡No perteneces aquí! —añade otro con desprecio.

Maverik, con la mirada fija en el suelo y los ojos llenos de lágrimas, siente cómo el peso del pasado cae sobre él, como una sombra que intenta rodearlo por completo.

Recuerda claramente los días en los que fue rechazado por su diferencia, cada palabra dolorosa como un golpe que aún resuena en su mente. Sin embargo, algo en su interior se niega a rendirse ante el odio que surge de aquellos que alguna vez fueron sus amigos.

Eleuterio avanza entre la niebla, con el corazón latiendo con fuerza en su pecho. Entre la espesa niebla, distingue la figura inconfundible de Tronquito. Sí, es él. Eleuterio se acerca rápidamente, con una mezcla de emoción y nerviosismo.

—¡Tronquito! —exclama Eleuterio, al ver a su querido amigo. —¡Qué alegría verte de nuevo! Ha sido tan difícil sin ti. Pensé que jamás volveríamos a vernos—.

Tronquito mira a Eleuterio con una sonrisa de alegría, pero su expresión se oscurece cuando comienza a contarle sobre la llegada de Baba Yaga al Bosque Mágico y el caos y destrucción que ha traído.

—¡Eleuterio, es un desastre! Baba Yaga ha destruido todo —responde Tronquito, con tristeza en sus ojos.

—¡No puede ser! ¿Nuestro Bosque Mágico está en su poder? —pregunta desesperadamente Eleuterio con sus manos temblando.

Tronquito abraza a Eleuterio entre lágrimas y de repente, siente un intenso calor que proviene del cuerpo de su amigo. Tronquito comienza a gritar de dolor, y Eleuterio se aparta rápidamente, horrorizado.

—¡Tronquito, ¿Qué te pasa?! ¡Tronquito! —grita Eleuterio, incapaz de comprender lo que está sucediendo.

Pero es demasiado tarde. Tronquito, está siendo consumido por el fuego que lo envuelve. Grita en agonía mientras se quema ante los ojos de su mejor amigo, Eleuterio.

Incapaz de soportar la escena, Eleuterio cae de rodillas al suelo, destrozado por la tristeza y la desesperación, y comienza a llorar amargamente, como nunca lo había hecho.

Mientras Qüinlyn se encuentra perdido en la densa niebla, el silencio lo envuelve, generando una sensación de miedo en su pecho. De repente, un ruido muy fuerte suena el aire, seguido de la repentina aparición de las meigas. Sin apenas tiempo para reaccionar, Qüinlyn observa cómo su hermano, Flurry, es atacado por ellas y al instante cae al suelo sin vida, sin moverse como un muñeco.

El corazón de Qüinlyn da un vuelco ante la impactante escena. Sin dudarlo, corre hacia Flurry con un grito desesperado. Las lágrimas nublan sus ojos mientras se lanza sobre el cuerpo inmóvil de Flurry, sintiendo cómo la desesperación lo consume desde su interior.

—¡Flurry, por favor, despierta! ¡No me dejes solo aquí! —exclama Qüinlyn con voz temblorosa, agarrando con fuerza el brazo de su hermano intentando moverlo y hacerlo reaccionar.

—¡No, por favor, Flurry! ¡Despierta, despierta!—. Sus palabras se pierden en el aire.

En medio de su desesperación, comienza a escuchar una voz que grita junto a él. —¡Despierta, despierta!—.

—¡Qüinlyn, por favor, despierta! —escucha Qüinlyn mientras alguien le está agarrando el hombro con fuerza mientras las lágrimas llenan sus ojos.

En ese momento, una energía atraviesa el cuerpo de Qüinlyn, como si una fuerza misteriosa lo estuviera impulsando. Con un sobresalto, abre los ojos y se encuentra con Flurry a su lado, sano y salvo y mirándolo con preocupación.

—¡Qüinlyn, hermano, estás bien! —exclama con preocupación —Algo ha ocurrido. Necesito tu ayuda para despertar a Eleuterio, Maverik y Nóruz —dice Flurry con urgencia, señalando a los otros compañeros, que están inmóviles y con los ojos cerrados.

Qüinlyn se levanta y se acerca a Eleuterio, posando su mano sobre su hombro. —Vamos, Eleuterio, despierta. Necesitamos tu fuerza ahora más que nunca —grita desesperadamente mientras Eleuterio parece que abre los ojos.

—¡Maverik, despierta! Somos tus amigos Flurry y Qüinlyn, estamos aquí —dice Flurry mientras agarra por los hombros a Maverik y lo mueve.

—¡Nóruz, Nóruz! ¡Despierta! —grita Qüinlyn agarrándole de la espalda.

Con la ayuda de Qüinlyn, y mientras la misteriosa niebla comienza a desaparecer lentamente, Flurry se esfuerza por ayudar a sus amigos, quienes siguen en el suelo, aún desorientados y confundidos por lo que acaba de suceder.

—Vamos, amigos, ya pasó. Tenemos que seguir adelante —les dice Flurry, con voz firme pero amable, mientras ayuda a Nóruz a levantarse del suelo.

Con gestos de confusión y miradas perdidas, Eleuterio, Maverik y Nóruz tratan de asimilar lo que acaba de ocurrir. La sensación de alivio al darse cuenta de que están a salvo se mezcla con la preocupación por lo que les ha sucedido.

—¿Qué ha pasado? ¿Dónde estamos? —pregunta Maverik, frunciendo el ceño y mirando a su alrededor con precaución.

Flurry les explica brevemente lo que sucedió mientras estaban perdidos en la niebla, tratando de no ponerles más nerviosos de lo que ya están. Sin embargo, todos saben que deben mantenerse alerta ante cualquier amenaza que pueda acechar en las sombras de ese bosque.

—Yo no sentí nada mientras estábamos atrapados en esa niebla, pero vi cómo vosotros estabais paralizados en el suelo y con los ojos cerrados. Solo intenté ayudarlos a volver a la normalidad —explica Flurry, con humildad.

Eleuterio asiente, entendiendo la valentía de su amigo, mientras Maverik, Nóruz y Qüinlyn intercambian miradas de agradecimiento hacia Flurry.

Maverik les pregunta qué ha sido lo que han vivido durante el tiempo que han estado atrapados en la niebla. Cada uno comparte su historia, describiendo las sensaciones de desesperación y miedo que experimentaron. Sin embargo, cuando llega el turno de Maverik, no le apetece hablar sobre su experiencia.

Eleuterio, dándose cuenta de que ha debido de ser algo duro, lo anima. —¿No te preocupes Maverik, puedes confiar en nosotros. ¿Qué te pasó a ti?— Después de una pausa y un suspiro, Maverik finalmente cuenta su historia. Con voz temblorosa, relata cómo se enfrentó a su peor pesadilla al encontrarse nuevamente con los duendes que alguna vez lo rechazaron.

Tras unos segundos pensativo, Flurry cree saber lo que ha sucedido. —Me parece que ha sido una trampa de Baba Yaga para atacar nuestras mentes y enfrentarnos a nuestros propios miedos —comenta reflexionando sobre lo sucedido—.

—¡Es posible Flurry! Todos nos hemos enfrentado a nuestro mayor miedo pero gracias a ti, hemos logrado superar esta prueba y salir más fuertes que nunca —dice Eleuterio asombrado y apoyando una mano en el hombro de Flurry.

—Baba Yaga no sabe con quien se está enfrentando —dice Nóruz muy enfadado y con rabia en sus ojos.

—Entonces, ¿Qué hacemos ahora? —pregunta Maverik

—No podemos permitir que Baba Yaga nos detenga. Tenemos que seguir adelante y encontrar una manera de derrotarla de una vez por todas —responde Eleuterio.

Antes de continuar hacia la casa del hechicero, Eleuterio se coloca frente a todos y anuncia que tiene algo importante que comunicar. Se acerca a Maverik y le toma de sus manos. —Maverik, nunca nos habías explicado nada de tu pasado. Gracias por compartirlo con nosotros. Jamás deberías pensar que eres diferente o raro. Al contrario, eres especial, eres único, eres nuestro amigo. No importa cómo seas o si alguien no acepta cómo eres, eso es su problema. Lo importante es que debes ser feliz y quererte a ti mismo—.

—Eleuterio, gracias. No tengo palabras —dice Maverik mirando hacia el suelo.

—Maverik, has sido muy valiente abandonando todo tu pasado y tu hogar para iniciar una nueva vida solo en contra de tu voluntad, pero que sepas, que ahora, todos nosotros, somos tu familia para siempre —dice Eleuterio, sincerándose mientras observa cómo una lágrima cae del ojo azul de Maverik.

Después de este emotivo momento, deciden dirigirse al castillo del hechicero, tal como les indicaron las meigas.
Cuando llegan al castillo, encuentran la puerta abierta y entran sin dudarlo. Una vez en el interior, se dan cuenta de que el hechicero ha desaparecido, el tiempo que pasaron paralizados en la niebla fue tanto que algo ha debido suceder en el castillo antes de que ellos llegaran. El suelo está cubierto de desorden y caos. Sin embargo, Nóruz logra encontrar fácilmente el libro mágico que contiene el hechizo para vencer a Baba Yaga.

—¡Aquí está! ¡El libro que necesitamos! —exclama Nóruz emocionado.

Antes de que puedan decir nada más, Nóruz arranca la página donde aparece el hechizo y el castillo comienza a temblar y a derrumbarse.

—¡Rápido, tenemos que salir de aquí! —grita Flurry mientras todos corren hacia la salida.

Afortunadamente, logran salir del castillo sin sufrir daños. A medida que se alejan, observan cómo se derrumba por completo, envuelto en una nube de polvo que lo cubre por completo.

Con los ánimos más calmados, los amigos siguen su camino de regreso a casa. Aunque Qüinlyn, debido a la peligrosidad de las aventuras de los amigos, decide volver a su casa en Galicia —Hermanito, es mejor que vuelva a casa. Creo que voy a ser un estorbo para vosotros, es todo muy peligroso. Te entrego este alicate con poderes eléctricos por si alguna vez tenéis que utilizarlo, ojalá os sirva de ayuda —dice Qüinlyn mientras se despide y abraza a Flurry.

De regreso a la casa de Flurry en Colonia Güell, desde lejos, observan que hay alguien esperándolos en la puerta.

CAPITULO XVII

Vampiros en Colonia Güell

A medida que se acercan a la casa de Flurry, observan a alguien que los espera con ansias. Es Fendrik, un habitante de una montaña cercana, quien claramente necesita ayuda urgentemente. Su expresión refleja preocupación y sus gestos indican que necesita ayuda de forma urgente.

Fendrik es un follet muy delgado y juguetón, con una pasión desbordante por el oro y el dinero. Se dedica a recoger monedas y billetes que encuentra por el suelo para satisfacer su ansia de riqueza. Vive en una cueva cercana a Colonia Güell, situada en el bosque de la montaña de Sant Antoni.

En su cabeza, lleva un sombrero en forma de estrella de color granate, que destaca sobre unas orejas puntiagudas y una barbilla afilada con una barba que recuerda a la de una cabra. Su vestimenta consiste en un pantalón marrón y un jersey de lana con rombos en tonos gris y beige. Completa su vestuario con un cinturón negro con una hebilla muy grande y unas botas grises.

Una característica distintiva de Fendrik es su cola, muy fina y larga, que siempre arrastra detrás de sí mientras se mueve traviesamente por el bosque.

Siempre le acompañan dos perros duendes, llamados Puri y Sima. Son muy cariñosos y divertidos, con dos patas y un cuerpo muy redondo. Llevan sombreros para diferenciarse: Puri lleva uno gris y Sima uno rojo.

Fendrik está claramente preocupado mientras les explica que su perrita duende, Sima, ha sido atacada por vampiros y necesita ayuda de forma urgente, ya que corre el riesgo de perder la vida o convertirse en uno de ellos.

—¡Oh no, Sima! —exclama Nóruz con preocupación.

—Pero, ¿Cómo es posible? ¿De dónde han salido estos vampiros? Nunca hemos oído hablar de ellos, ni Flurry nos ha explicado nunca nada —dice Maverik muy intrigado.

FENDRIK
PURi Y SiMA

Fendrik toma aire antes de responder, tratando de mantener la calma. —Hace cientos de años, el bosque de pinos de Colonia Güell estaba plagado de vampiros. Los lugareños, tras años luchando contra ellos, tuvieron que colocar símbolos de runas en las puertas de sus casas para mantenerlos alejados. Eran una amenaza real, y nadie se atrevía a salir cuando caía la noche. Finalmente desaparecieron todos pero parece que han vuelto y han atacado a varios habitantes, incluida mi querida Sima—.

Flurry explica que él no conocía esa historia, pero sabe de un lugar donde podrían encontrar algo útil: la casa del maestro. Allí, asegura, existen elixires y otros remedios caseros que podrían funcionar.

—Flurry, creo que Sima debería quedarse en tu casa con alguien protegiéndola y cuidándola —sugiere Eleuterio.

—Su casa no es segura. Los vampiros pueden entrar en cualquier lugar cuando caiga la noche —advierte Fendrik. —Es mejor que vayamos a la cripta, ese lugar es sagrado y los vampiros no pueden entrar—.

—Me parece una excelente idea —responde Flurry.

—¿Y quién se quedará con Sima? Si queréis, yo lo haré —dice Maverik ofreciéndose.

—¡Yo, por favor! Quiero cuidar de la pobre Sima —dice Nóruz mientras la toma en brazos. —Vamos hacia la cripta, allí estaremos protegidos—.

Una vez que el grupo llega a la cripta, Nóruz entra con Sima en brazos, mientras los amigos se dirigen hacia la casa del maestro.

Al llegar a la casa del maestro, quedan impresionados por su belleza y grandeza. Parece haber estado cerrada durante años, pero de repente, al llegar, Flurry saca una llave de su bolsillo y la abre sin problemas.

—¿Y por qué tienes esta llave, Flurry? —pregunta Maverik.

—Ahora no hay tiempo para explicarlo. Es una historia muy larga. Mi hermano Olavio vivió aquí durante años, y por eso tengo la llave y sé lo que podemos encontrar aquí —responde Flurry.

—Creo que es algo que nos tendrías que explicar con más detalle, Flurry, pero no podemos perder el tiempo; pronto será de noche —dice Eleuterio.

Mientras buscan con prisa el elixir, oyen unas risas de niños y el crujir de la madera, como si alguien los estuviera observando. El miedo está en el aire y se dan prisa en encontrar lo que necesitan. Después de una búsqueda intensa, finalmente encuentran el elixir en unas estanterías de la pequeña torre.

—¡Aquí está! —exclama Flurry mientras lee en la etiqueta "anti-vampiros".

Con el corazón acelerado por la ansiedad, se dirigen hacia la cripta donde está Sima con Nóruz antes de que caiga la noche. Con el elixir en mano, se apresuran hacia la cripta.

De mientras, Nóruz, para calmar a Sima en sus brazos, comienza a explorar con tranquilidad y curiosidad el interior de la cripta mientras la acaricia. Están muy asombrados por lo que están viendo.

—Qué lugar tan misterioso, ¿Verdad, Sima? —dice Nóruz, mientras le muestra las maravillas de la cripta.

Las columnas parecen troncos de árboles retorcidos, creando la sensación de estar en un bosque subterráneo y están decoradas con elementos naturales como hojas y ramas. —¡Mira estas columnas, Sima! Parecen árboles gigantes ¿Te gustan? —comenta Nóruz, impresionado por la arquitectura única del lugar y mientras trata de animar a Sima.

Las ventanas de la cripta tienen formas naturales y son muy coloridas, pero la luz del atardecer que las ilumina va desapareciendo rápidamente a medida que llega la noche.

—Las ventanas son como alas de mariposas —dice Nóruz, mientras Sima observa con fascinación los colores que desaparecen lentamente.

A Sima le encanta observar todo lo que le enseña Nóruz, pero claramente, su fuerza se debilita con cada minuto que pasa.

—Van a llegar pronto con el elixir para que te sientas mejor, Sima —promete Nóruz, con cariño, mientras continúan explorando la cripta juntos.

De repente, se escuchan unos gritos fuera. Son ellos, los vampiros. Han descubierto a Eleuterio, Maverik, Flurry, Fendrik y Puri, y no les permiten llegar a la cripta.

—¡Están bloqueando nuestro camino! —exclama Flurry, con preocupación.

—Debemos hacer algo rápido —dice Eleuterio, pensativo. —Podríamos recitar hechizos—.

—No funcionará —interviene Fendrik. —Lo único que puede detenerlos es una luz muy intensa, yo puedo hacerlo, pero necesito que estén paralizados y no escapen—.

—Déjame a mí —propone Maverik. —Utilizaré mis poderes psíquicos para paralizarlos—.

—En cuanto estén paralizados, correremos hacia el interior de la cripta. Espero que no sea demasiado tarde para Sima —dice Eleuterio, preocupado.

Maverik extiende sus manos hacia el frente y cierra uno de sus ojos, concentrándose en ellos, tras unos instantes consigue bloquear el movimiento de los vampiros. Los que estaban volando caen al suelo, inmóviles y gritando amenazadoramente. En ese instante, Eleuterio, Flurry y Puri entran rápidamente en la cripta.

Una vez dentro, Nóruz les pide que se den prisa, notando que Sima está perdiendo fuerzas rápidamente. Toma el elixir, lo abre y se lo vierte en la boca de Sima.

—¡Vamos Sima, puedes con esto! —murmura Nóruz muy nervioso y optimista.

Después de unos segundos, Sima recupera una energía intensa y comienza a moverse y a saltar alrededor de Nóruz, mostrando su alegría y agradecimiento hacia él.

Mientras tanto, en la puerta, Puri ladra para llamar la atención de todos, como señal de ayuda a Fendrik y Maverik.

Al salir, presencian algo mágico. Fendrik, con sus poderes, está realizando un espectáculo de fuegos artificiales que impresiona a todos, excepto a los vampiros, que intentan taparse los ojos sin éxito debido a la parálisis psíquica de Maverik.
Uno de los vampiros, el líder del grupo, consigue hablar entre gritos. —Si paráis, juramos no volver a estas tierras jamás. ¡Por nuestra sangre!—

Maverik y Fendrik se miran, confiando en la sinceridad del vampiro. La luz cegadora y la parálisis finalizan, y rápidamente, con un aleteo, los murciélagos se alejan por el oscuro cielo nocturno, desapareciendo para no volver jamás.

—¡Ha sido espectacular! —exclama Eleuterio.

—¡Muchas gracias! Pero también ha sido gracias a Maverik. Creo que les hemos dado una buena lección y no volverán a aparecer por aquí —dice Fendrik. —Por cierto,

¿Dónde está Sima? —pregunta mirando a su alrededor.

—¡Está aquí! No para de jugar —dice Nóruz mientras se ríe a carcajadas por las cosquillas que le hace Sima.

—Qué alegría, querida Sima —dice Fendrik mientras la acaricia y se sorprende por cómo mira a Nóruz —Nóruz, muchas gracias por proteger y cuidar a Sima. Parece que está muy agradecida contigo —añade Fendrik mientras la toma en brazos.

—Es genial que hayamos podido salvar a Sima y ahuyentado a los vampiros pero creo que es hora de volver a casa. Es muy tarde —sugiere Flurry, interrumpiendo.

En ese momento, Sima salta de los brazos de Fendrik a los de Nóruz y empieza a lamerle la cara y a apoyarse en su cuerpo para que la abrace mientras cierra sus ojos.

—Creo que Sima no quiere despegarse de ti. ¿Sabes qué? Como agradecimiento desde ahora, Sima será tuya Nóruz. Estoy seguro de que ella estará de acuerdo, Sima será tu perrita duende —dice Fendrik muy emocionado.

—¿De verdad? ¿Para mí? No me lo puedo creer. Me gusta muchísimo, es muy cariñosa y juguetona —dice Nóruz mientras acaricia a Sima. —Muchas gracias. Sima, ¿Tú aceptas venirte conmigo? Te voy a cuidar muy bien —pregunta Nóruz.

Sima salta de alegría y rodea a Nóruz, ladrando emocionada.

—Ahora sí que es momento de ir a casa —dice Fendrik.

—Sí, tenemos que seguir con la búsqueda de Baba Yaga —comenta Eleuterio.

—Como sabéis, vivo cerca, así que, si tenéis que ir a algún sitio, puedo cuidar de Colonia Güell y también cuidaré de tu reno, Flurry, y de Sima, si os parece bien —dice Fendrik mostrando gratitud.

—¡Nos harías un gran favor, Fendrik! —exclama Flurry mientras se encaminan juntos hacia casa para descansar.

CAPITULO XVIII

Los Erizos de Sant Ramón

Tras descansar durante toda la noche, unos golpes en la puerta de la entrada de la casa del troll Flurry lo despiertan. Se frota los ojos somnolientos mientras se acerca a la puerta, intrigado por el inusual ruido que lo ha sacado de su sueño. Al abrirla, se encuentra con una familia de erizos de color azul, cuyos ojos reflejan miedo y angustia.

—Hola, ¿Qué sucede? ¿Por qué estáis tan nerviosos? —pregunta Flurry con su voz ronca por el sueño.

El erizo más grande, con voz temblorosa, responde: —¡Oh, por favor, ayúdanos! Han secuestrado a nuestros amigos, y ya han desaparecido cinco erizos. ¡Estamos desesperados!—.

Eleuterio y Maverik, que están hablando cerca de la entrada de la casa, se acercan para escuchar la historia. Maverik frunce el ceño, preocupado. —Esto suena muy grave. ¿Dónde están desapareciendo los erizos?—.

—En la montaña de Sant Ramón —responde el erizo. —Es nuestro hogar, y no sabemos quién está detrás de todo esto—.

Nóruz, quien estaba jugando con el reno Ulfik en el jardín de la casa se une a la conversación. —No podemos quedarnos de brazos cruzados mientras los erizos están en peligro. ¡Debemos actuar!—.

Flurry asiente con seriedad. —Estoy de acuerdo. Vamos a ayudarlos. ¿Tenéis alguna pista sobre quién podría estar detrás de estos secuestros?—.

Los erizos niegan con la cabeza, pero uno de los más pequeños comienza a hablar. —Hemos escuchado rumores sobre criaturas extrañas que están merodeando por la montaña. Hay quienes aseguran que son unos monstruos misteriosos, seres que provienen del tenebroso bosque oscuro muy cerca de la montaña de Sant Ramón, nuestro hogar—.

Eleuterio frunce el ceño. —Entonces, debemos ir al bosque oscuro y averiguar qué está pasando. Debemos prepararnos para cualquier cosa, esto no tiene buena pinta—.

—Amigos, voy a preparar mi mochila y salimos —dice Nóruz, entrando rápidamente a la casa de Flurry para buscar algo de comer debido al nerviosismo de la situación.

Eleuterio, Maverik, Nóruz y Flurry, se ponen en marcha hacia la montaña de Sant Ramón, listos para salvar a los erizos azules y descubrir la verdad detrás de los misteriosos secuestros.

Mientras se adentran comienza a anochecer lentamente. El camino que lleva al bosque oscuro les envuelve en un silencio inquietante, solo roto por las ramas crujiendo bajo los pasos de los amigos y el susurro del viento entre las ramas retorcidas de los árboles. Con paso cuidadoso, el grupo avanza, manteniendo los sentidos alerta ante cualquier peligro que pueda surgir en el camino.

—¿Creéis que realmente hay monstruos en este bosque o serán cazadores? —pregunta Maverik susurrando.

—No lo sé, pero debemos estar preparados para lo peor. Los erizos confían en nosotros para protegerlos —dice Nóruz con sus ojos brillando en la oscuridad.

De repente, un crujido cercano los hace detenerse en seco. Algo acecha en las sombras.

—¿Quién hay ahí? —pregunta Eleuterio mientras su voz resuena en el bosque.

Una misteriosa criatura aparece lentamente desde la espesura del bosque. Es alta y delgada, con ojos que resplandecen como luciérnagas y tiene unos dientes afilados como agujas. Su cuerpo está envuelto en musgo, dándole un aspecto similar al de un árbol antiguo. Su presencia causa temor y nerviosismo. En uno de sus ojos, una grieta profunda atraviesa la pupila, pareciendo así aun más aterrador. Sus ojos brillan con intensidad, como dos estrellas en la oscuridad. Cada movimiento que realiza parece acompañarse de un sonido aterrador que hiela la sangre.

—¡Soy un guardián del bosque oscuro! —exclama la criatura con una voz siniestra. —¿Qué hacéis aquí? —pregunta.

Flurry da un paso al frente con su mirada firme en la criatura. —Estamos en busca de respuestas. Algunos de nuestros amigos erizos han desaparecido, y hemos escuchado rumores de que algo extraño está ocurriendo en la montaña de Sant Ramón—.

El guardián del bosque oscuro de repente cambia su expresión, pasando de ser amenazante a triste. —Es cierto. Algo maligno ha estado acechando estos bosques últimamente. He escuchado gritos en la noche y he visto sombras moverse entre los árboles—.

Eleuterio aprieta los puños. —Necesitamos encontrar a esos erizos desaparecidos. ¿Puedes ayudarnos?—.

El guardián del bosque asiente lentamente. —Hay una cueva donde se escuchan ruidos extraños durante todo el día. Estoy seguro de que esa es su guarida. Puedo guiaros hacia allí. Pero tened cuidado, el peligro acecha en cada sombra—.

Con el guardián del bosque como su guía, Eleuterio, Maverik, Nóruz y Flurry, se adentran aún más en el bosque oscuro, preparados para enfrentar a estas misteriosas criaturas e intentar salvar a los erizos.

Mientras avanzaban por el bosque oscuro, el guardián les acompaña a través de un laberinto de árboles retorcidos y senderos cubiertos de musgo. Pronto llegan a un claro donde una cueva oscura se alza amenazante frente ellos.

—Esta debe ser la guarida de las criaturas malignas ¿Escucháis los ruidos extraños? —dice el guardián con su voz llena de advertencia. —Pero antes de que entréis, debo advertirte de algo, Eleuterio. Sé que estás buscando el anillo mágico para volver a tu hogar en el Bosque Mágico—.

Eleuterio se queda atónito y su corazón comienza a latir con fuerza en su pecho. —¿Cómo lo sabes? —pregunta muy nervioso.

El guardián le mira seriamente. —En estos bosques, las historias viajan rápido. También sé que Baba Yaga está esperando tu regreso. Ella tiene todo preparado para utilizar el anillo y entrar en tu Bosque Mágico—.

—¡No puede ser! Entonces debo llegar a ella antes de que sea demasiado tarde. ¿Dónde está Baba Yaga? —dice Eleuterio mientras cierra los puños y aprieta sus dientes con rabia.

El guardián señala hacia el cielo nocturno. —La luna llena está próxima. En tres días, deberás estar en un pueblo que se ubica en el sur, en Soportújar, en ese lugar es donde Baba Yaga realizará su conjuro. Esa será tu oportunidad de detenerla y recuperar tu anillo y tu hogar—.

Nóruz, con la boca abierta y sorprendido, junto a Maverik y Flurry, escuchan con atención, comprendiendo la urgencia de la situación. —Estaremos contigo en esta batalla, amigo. Lo vamos a conseguir —dice Maverik mientras apoya una mano en el hombro de Eleuterio.

Nóruz asiente con seriedad. —Voy a darlo todo para poder luchar contra esa bruja malvada y ayudarte, Eleuterio —dice Nóruz tomándole de las manos a Eleuterio.

—Ahora que tenemos esta información tan valiosa y sabemos donde está, terminemos con estas criaturas y vayamos a por Baba Yaga. Unidos podremos con ella —dice Flurry, apoyando sus manos en Nóruz y Eleuterio.

—Muchas gracias amigos. Ahora más que nunca no debo perder la esperanza. ¡Vamos! —exclama Eleuterio emocionado.

Tras agradecer y despedirse del guardián del bosque, el grupo se adentra en la cueva, preparados para enfrentarse a las criaturas malignas y encontrar a los erizos desaparecidos. Pero en el fondo de sus mentes, saben que una misión aún más importante y peligrosa los espera en tres días, cuando la luna llena ilumine el camino hacia el pueblo Soportújar.

Eleuterio, Maverik, Nóruz y Flurry intercambian miradas cargadas de inseguridad mientras avanzaban en el interior de la cueva. El aire alrededor de ellos se vuelve más denso, lleno de una oscuridad que parece envolver sus corazones con un escalofrío helado.

—Debemos estar preparados para cualquier cosa que encontremos dentro. Vigilad vuestras espaldas —advierte Eleuterio con seriedad.

Con pasos cautelosos, el grupo se adentra aun más en la cueva, encontrándose con un pasillo largo y oscuro que parece que no tenga fin. El sonido de sus propios pasos resuenan en las paredes de piedra, creando una sensación de presión que parece aplastarlos.

De repente, una voz sibilante resuena desde las sombras, haciendo que todos se detengan en el acto.

—¿Quiénes se atreven a entrar en mi dominio sin permiso? —la voz retumba en la cueva, llena de malicia.

Flurry da un paso al frente, preparado para defender a sus compañeros. —Sabemos que habéis estado secuestrando a los erizos azules y los queremos de vuelta—.

Una figura oscura aparece de las sombras, y tras ella, ven a un grupo de criaturas con ojos brillantes y garras afiladas. Son los responsables de los secuestros, y ahora están frente a ellos, listos para enfrentarse.

Flurry saca una de sus herramientas del bolsillo y lanza un poderoso rayo eléctrico que deja paralizadas a las criaturas y tiradas en el suelo. Los amigos se dan prisa para pasar entre ellas, esquivándolas mientras avanzan por la cueva.
Finalmente, llegan a la zona donde se encuentran los erizos, acurrucados en una bola temblorosos y asustados. Nóruz se acerca para calmarlos, intentando acariciarlos suavemente y hablarles con dulzura y sinceridad.

—Tranquilos, pequeños. Estamos aquí para ayudaros. Vamos a sacaros de aquí —les dice Nóruz tratando de darles confianza.

Los erizos confían en ellos y, poco a poco, comienzan a salir de su estado de pánico. Acompañados por los amigos, se dirigen hacia la salida de la cueva mientras las criaturas continúan paralizadas, incapaces de detenerlos. Sin embargo, al ver a los erizos escapar, las criaturas comienzan a gritar y a arrastrarse hacia ellos con ferocidad. Rápidamente, consiguen salir de la cueva junto a los erizos sanos y salvos.

—Amigos, dadme las manos. Debemos cerrar esta cueva —dice Flurry con urgencia mientras agarra a Nóruz y Eleuterio de las manos.

—¿Cómo vamos a hacerlo? —pregunta Maverik.

—¿Has visto el rayo que he lanzado contra las criaturas? Confía en mí —responde Flurry con una sonrisa.

Los amigos forman un círculo, tomándose de las manos mientras Flurry pronuncia un hechizo para sellar la cueva, impidiendo que las criaturas malignas puedan salir nunca más.

"Con la energía ancestral de la tierra, conjuramos esta muralla, cerrando este umbral para la eternidad. Que ninguna sombra oscura traspase este límite, que ninguna criatura maligna vuelva a emerger de estas profundidades. ¡Que así sea!"

Tras estas palabras, una pared de piedra comienza a levantarse, encarcelando a las criaturas para el resto de sus vidas dentro de la cueva.

De regreso a la montaña de Sant Ramón, los otros erizos azules los reciben con alegría y gratitud. Al ver a sus amigos, se muestran felices y aliviados, agradeciendo al grupo por toda su ayuda. Después de este momento de celebración, los amigos recuerdan que el tiempo corre en su contra. Deben regresar a casa para descansar y prepararse para su próximo desafío en Soportújar.

Mientras vuelven al hogar de Flurry en Colonia Güell, celebrando la victoria contra las criaturas y la salvación de los erizos azules, Eleuterio reflexiona sobre las palabras del guardián del bosque y la amenaza que aún acecha en el horizonte: Baba Yaga y su plan para usar el anillo mágico. Sabe que su próxima batalla será la más difícil de todas y que el destino del Bosque Mágico depende de su éxito.

<h1 style="text-align:center">CAPÍTULO XIX</h1>
<h1 style="text-align:center">Fiesta en Granada</h1>

Los amigos, al llegar a casa de Flurry, pasan la noche descansando y preparándose para salir al día siguiente hacia Soportújar, donde deben encontrarse con Baba Yaga.

—Amigos, ha llegado el momento —dice Eleuterio con voz seria. —Quiero agradeceros todo lo que habéis hecho por mí. Gracias por acogerme en vuestro maravilloso mundo, gracias por tratarme como lo habéis hecho y disculpadme por meteros en tantas aventuras peligrosas—.

Flurry se acerca a Eleuterio. —Amigo, no tienes que darnos las gracias. Todos somos seres elementales y nos ayudaremos siempre. Somos los mejores amigos—.

—Tampoco tienes que disculparte. Gracias a ti hemos vivido unas aventuras increíbles. Ahora queda la más dura —dice Maverik con voz emocionada.

—Y hemos aprendido mucho de ti, Eleuterio. Para mí, has sido como mi hermano mayor, mi ejemplo a seguir —dice Nóruz con una expresión triste.

—Mis grandes amigos, estoy muy emocionado. Gracias por vuestras palabras. Realmente, vosotros me habéis enseñado mucho —dice Eleuterio mientras sonríe y se seca unas lágrimas con la mano. —Flurry, he aprendido de ti que hay que ser valiente para enfrentarse a situaciones y siempre ser optimista. Todo saldrá bien si te lo propones. Eres un troll muy valiente. Tú, Maverik, eres muy inteligente. Me has demostrado que nada puede derrumbarte y que, cueste lo que cueste, puedes salir adelante y ser feliz. Nadie debe dañarte mentalmente. Y tú, Nóruz, con tu gran corazón, siempre estás dispuesto a sacar sonrisas, algo necesario en el mundo. Me has enseñado a sonreír en momentos difíciles y a amar incondicionalmente, además de luchar por tus sueños. De verdad, amigos, gracias por todo. Os quiero —dice Eleuterio acercándose con los brazos abiertos a todos.

En ese instante, los amigos se abrazan con lágrimas en sus ojos. Tras la emoción, el grupo debe iniciar el viaje a Soportújar, ya que el tiempo corre en su contra.

146

—Ahora sí, debemos salir a por Baba Yaga, nos quedan dos días —dice Eleuterio animando a todos.

—Un momento, Eleuterio. Voy a despedirme de Sima y Ulfik, y a recoger más patatas para llevarnos de camino. Iré rápido —dice Nóruz mientras sale corriendo.

Todos salen al jardín, se despiden del reno de Flurry, Ulfik, y de Sima, y comienzan el viaje.

Tras un largo camino hacia el sur de la península ibérica los amigos recuerdan todas las aventuras que han vivido juntos. Antes de llegar a Soportújar, planean hacer una parada en la ciudad de Granada para descansar y elaborar un plan. Eleuterio lleva todo el camino pensando en qué hacer.

Al llegar a Granada, ven un gran edificio sobre una colina rocosa. Es impresionante. Es la Alhambra de Granada. Los amigos creen que quizás es un buen lugar para descansar y se dirigen hacia allí. Al llegar a la imponente fortaleza, se dan cuenta que está cerrada y no pueden entrar.

—Podemos ir hacia esa zona, parece que hay mucha gente y se escucha música. Preguntaremos que hacer por allí —dice Maverik guiando al grupo y señalando hacia el lugar.

Los amigos se dirigen hacia un lugar del centro de la ciudad, donde parece haber una fiesta en marcha. La música flamenca llena el aire, envolviéndolos con su encanto mágico y especial. Cada nota resuena en sus corazones, despertando el deseo de bailar al ritmo de sus melodías.

Los bailes flamencos que presencian son un espectáculo fascinante y mágico. Cada movimiento de los bailarines es como un hechizo que hipnotiza, transportándolos a un mundo de pasión y emoción.

La gente que está en la fiesta viste trajes flamencos deslumbrantes y llenos de color. Los vestidos de las mujeres llevan volantes y encajes, creando una imagen deslumbrante y encantadora que complementa la energía vibrante de la música y el baile.

—Creo que nos vendrá bien despejar la mente y disfrutar de este momento —dice Eleuterio animando al todos.

—Me parece estupendo. Nos lo merecemos —dice Maverik dando palmas al ritmo de la música.

—Yo quiero probar eso que regalan allí. Habitas con jamón y huevo frito. Se me hace la boca agua. ¿Quién me acompaña? —pregunta Nóruz.

—Jajajaja. Nóruz, tranquilo. Te acompañamos todos, también lo probaremos —dice Flurry sonriendo.

Conforme se dirigen al puesto de comida, no pueden dejar de observar el espectáculo que están presenciando. La música los envuelve y comienzan a bailar imitando los pasos del flamenco que observan. Mientras bailan alegremente, Nóruz recuerda las habitas con jamón y huevo frito y se lo comenta al grupo para ir a buscarlas.

Mientras están comiendo, Maverik observa a lo lejos un grupo de seres pequeños, similares a ellos, y se lo menciona al grupo. —Podríamos ir allí a ver quienes son y si saben donde podríamos pasar esta noche —dice Maverik terminando de comer.

Nóruz, sintiéndose hinchado por la comida, decide quedarse sentado y esperar mientras los demás van a investigar. Sin embargo, Eleuterio les advierte: —Hay mucha gente aquí, creo que no deberíamos separarnos, además, estamos muy cerca de Baba Yaga, quién sabe si puede aparecer por aquí—.

—Tienes razón, vamos todos juntos —dice Nóruz levantándose del suelo y acariciándose la barriga.

Mientras se acercan, notan que la fiesta es aún más animada. Son trolls, todos vestidos con trajes flamencos. Son numerosos, cientos de ellos. Cantan todos a la vez.

Al llegar frente a los trolls, Nóruz se paraliza y cae al suelo, desmayado.

—Nóruz ¿Qué te pasa? ¡Responde! —dice Eleuterio dándole aire con sus manos.

—¡Necesitamos ayuda! —grita Maverik pidiendo ayuda.

—Por favor, amigos trolls, ¿Podéis ayudarnos? —pregunta Flurry a un grupo de trolls.

En ese instante, el grupo de trolls se acerca rápidamente a Nóruz, rodeándolo.

Una mujer troll, vestida con un traje verde de flamenca y sosteniendo un abanico en su mano, comienza a abanicar a Nóruz. En el momento en que abre los ojos, la mujer troll deja de abanicarlo y también queda paralizada.

—¿Nóruz? —pregunta la mujer troll con una voz temblorosa y agitada.

—¿Nóruz? —repite uno de los trolls hombres con una voz grave y preocupante.

Nóruz, todavía paralizado en el suelo, comienza a respirar fuerte. —¿Mamá? —pregunta Nóruz. —¿Mamá? ¿Mami? ¿Mami? ¿Eres tú? ¿Mamá? —dice mientras se levanta muy emocionado.

—Nóruz. Soy mamá. ¡Estás vivo! —exclama la mujer troll emocionada y llorando desconsoladamente mientras abraza a Nóruz.

—Nóruz. ¿De verdad? ¡Soy Papá! —exclama el hombre troll uniéndose a los abrazos.

Eleuterio, Maverik y Flurry, sorprendidos por la situación, no pueden creer lo que están viendo.

Tras la emoción Nóruz va corriendo a abrazar a sus amigos y les dice que es su familia.

—Amigos. ¡Son mis padres! Gracias a vosotros finalmente los he encontrado —dice Nóruz alborotado y tomando de sus manos a sus amigos muy nervioso.

—Creo que no ha sido gracias a nosotros, pequeño Nóruz. Mira el collar que nos regaló la anciana de Zaragoza. Está brillando. Creo que ha cumplido su función y te ha dado la suerte para lograr el deseo que tanto anhelabas —le dice Eleuterio con una sonrisa, asombrado por el resplandor del collar.

Después de que sus padres se presentan, son llevados al centro del grupo de trolls. Ahí, se reencuentran con los amigos de Nóruz y se dan cuenta de un bebé troll que ríe y baila al compás de la música, el cual resulta ser su hermano. La alegría y la emoción llenan el aire mientras todos se abrazan y celebran el reencuentro.

—Nóruz, cariño, este es Kaylin es tu hermano pequeño —dice Ástrid, la madre de Nóruz.

—Hola hermanito. ¡Eres tan bonito! Tengo que enseñarte muchas cosas que mis amigos me han enseñado. Vas a ser el troll más valiente del mundo —dice abrazándole con emoción —Mamá, tenemos que explicaros el motivo por el que hemos llegado aquí y la misión que debemos realizar. Es algo peligroso—.

—¿Peligroso? Hijo mío, no me asustes. Sería mejor que todos volviéramos a casa, nos explicarais todo y os quedarais allí el tiempo que sea necesario —propone Ástrid, con preocupación.

Todos juntos, se dirigen hacia el hogar de la familia de Nóruz. Una vez allí, disfrutan de una abundante comida mientras comparten historias sobre cómo llegaron a Granada todos los trolls después de la tormenta en el barco y explican las aventuras vividas por los amigos. Llega el momento de explicar el motivo de su visita. Les informan que deben dirigirse al pueblo de Soportújar para obtener el anillo mágico y así permitir que Eleuterio regrese al Bosque Mágico.

Milford, el padre de Nóruz les entrega un mapa detallado de la montaña donde se encuentra Soportújar, para que se sientan más seguros al conocer el camino. Mientras tanto, la madre de Nóruz prepara las camas para que puedan descansar cómodamente.

A la mañana siguiente, al despertarse, Eleuterio, Maverik y Flurry se reúnen en el salón principal. La madre de Nóruz les ha preparado un desayuno espectacular con tostadas con aceite de oliva y tomate, jamón serrano, churros con chocolate, fruta y pestiños; hay de todo para que elijan lo que más les guste.

Mientras Nóruz duerme plácidamente junto a su hermano pequeño, los amigos están desayunando y recuperando fuerzas mientras hablan sobre la situación. Tienen una expresión seria, conscientes de la importancia de la misión que les espera.

—Solo falta un día para la luna llena. Ya ha llegado el momento —dice Eleuterio con preocupación en su voz.

— Siento añadir más nerviosismo a la situación, pero la luna llena será esta noche, así que solamente quedan unas horas —añade Maverik intercambiando miradas con sus amigos.

—Deberíamos despertar a Nóruz para que se prepare. Además, estará deseando probar todas estas delicias que nos ha preparado su madre —comenta Flurry mientras se lleva un trozo de pan con aceite de oliva a la boca.

—Es mejor que… —dice Eleuterio mientras la madre de Nóruz les interrumpe —Chicos, es hora de despertar a Nóruz ¿No creéis? Es muy dormilón, bueno, ya lo conocéis —les dice sonriente.

—Señora Ástrid, Nóruz no va a venir con nosotros —dice Eleuterio con una voz seria. —Lleva años esperando vuestro regreso. Su deseo era encontraros, y lo ha conseguido—.

— Pero Eleuterio… —interrumpe Maverik.

Eleuterio continúa con la explicación. —Nóruz ha sufrido durante muchos años su soledad, pensando que jamás podría encontrar a sus padres y amigos. A pesar de todo, ha logrado sobrevivir y siempre ha mantenido su alegría y gratitud. Ahora que ha conseguido este reencuentro, no permitiré que lo pierda. La lucha contra Baba Yaga es mía. Acepto vuestra ayuda, pero no puedo permitir que Nóruz se involucre. No podría soportar que le sucediera algo. Él debe quedarse aquí para disfrutar de su pequeño hermano, enseñarle muchas cosas y recuperar todo el tiempo perdido con su familia—.

Maverik y Flurry asienten en señal de acuerdo, comprendiendo completamente lo que Eleuterio les está explicando.

—Tienes toda la razón, Eleuterio. Será mejor que Nóruz no se enfrente a Baba Yaga. Nosotros nos encargaremos —dice Flurry, intentando transmitir calma con su voz.

—Entonces, es hora de salir, amigos. Antes de que despierte, vamos a por Baba Yaga —añade Maverik.

—¡Un momento! —exclama la madre de Nóruz. —Entiendo vuestras razones, chicos. Nóruz se sentirá muy triste cuando se dé cuenta de que os habéis ido, pero le explicaré la situación y vuestra decisión. No se si lo entenderá. Os pido un favor, regresad aquí en cuanto terminéis vuestra misión. No me gustaría que Nóruz sienta que lo han abandonado de nuevo —dice Ástrid mientras prepara unas bolsas de comida para el viaje.

Eleuterio, Maverik y Flurry se levantan de la mesa, recogen sus pertenencias y guardan las bolsas de comida. Antes de salir hacia Soportújar, se acercan con cuidado a la habitación de Nóruz para despedirse en silencio.

—Gracias, Nóruz, amigo mío. Nunca olvidaré lo que has hecho por mí —susurra Eleuterio con la voz temblorosa y los ojos llenos de lágrimas.

Mientras Nóruz sigue dormido en su cama, abrazado a su hermano, los amigos se despiden de la familia de Nóruz, muy agradecidos, y emprenden el camino hacia la batalla contra Baba Yaga.

CAPITULO XX

Soportújar

Eleuterio, Maverik y Flurry avanzan hacia Soportújar, pensando sobre lo que les esperará allí, preguntándose si podrían detenerla y si Eleuterio recuperará el anillo mágico.

El silencio es interrumpido por Flurry. —¿Creéis que Nóruz se enfadará cuando se entere de que hemos ido a Soportújar sin él?—.

—Por supuesto que sí —responde Eleuterio—. Pero él finalmente está con su familia. Después de tantos años encendiendo la hoguera en la playa, esperando que sus padres lo vean y lo encuentren, ahora finalmente está con ellos. Ha descubierto que tiene un hermano menor y necesita cuidarlo. Él nos ayudó mucho con nuestra búsqueda del anillo y ahora debe estar feliz con su familia.

—Y vosotros también —añade Eleuterio—. Deberíais volver a su casa con él. Nadie sabe qué peligros nos esperan allí. Esta es mi batalla. Usé el anillo mágico y llegué a vuestro mundo. Es mi culpa. Estaré más tranquilo sabiendo que estaréis protegidos.

—No digas tonterías, Eleuterio —interviene Maverik. —Esta es la batalla de todos. Llegaste a nuestro mundo y cambiaste la vida de cada uno de nosotros. Quiero agradecerte por todo lo que hemos vivido. Has llenado nuestras vidas de aventuras increíbles. Además, Baba Yaga está aquí en nuestro mundo y también es nuestra batalla. No permitiremos que lo destruya—.

—Muchas gracias Maverik. Pase lo que pase, os admiro mucho, queridos amigos— dice Eleuterio. —Juntos somos invencibles—.

A medida que los amigos se acercan al lugar donde vive Baba Yaga, los paisajes naturales a su alrededor se vuelven más oscuros. Ya no escuchan el canto de los pájaros que los acompañaba en su camino ni ven el hermoso paisaje ni sienten el calor del sol que los calentaba. Con cada paso, sienten más frío. Árboles sin vida y retorcidos los rodean, y el único sonido es el graznido de los cuervos.

—Hemos entrado en el reino de Baba Yaga. Ya no hay vuelta atrás —dice Eleuterio con el mapa en su mano y observando el paisaje que los rodea.

Mientras Eleuterio, Maverik y Flurry se acercan a Baba Yaga, Nóruz está furioso en casa de sus padres.

—¿Cómo habéis permitido que mis amigos fueran a luchar contra Baba Yaga sin mí? —dice Nóruz mientras prepara su mochila.

—Pero hijo mío… —comienza a decir Milford, el padre de Nóruz. —Esto puede ser muy peligroso. No queremos perderte de nuevo. Hace apenas un día que te encontramos después de tantos años. Además, Eleuterio nos pidió que no te despertáramos. Dijo que debías ser feliz con tu familia y cuidar a Kaylin —agrega Ástrid, la madre de Nóruz.

Nóruz mira con amor a su hermanito mientras este juega. —No os preocupéis, queridos padres. Volveré sano y salvo y os llevaré a mi casa. Tengo muchas ganas de que conozcáis a mi amigo jabalí Hog y a mi perrita duende Sima. Seremos muy felices juntos. Pero ahora debo irme, Eleuterio necesita mi ayuda —dice Nóruz mientras abraza a sus padres.

—Ten cuidado, hijo mío —dice la madre de Nóruz mientras seca sus lágrimas.
—Estamos muy orgullosos de ti —añade Milford, su padre.

Cuando Nóruz sale de la casa, una luz deslumbrante en el exterior le hace detenerse. Es Âlfred de la Sociedad Secreta de Montserrat.

—Hola, Nóruz —dice Âlfred.

—Hola —contesta Nóruz, muy enfadado. —Llega demasiado tarde. Hemos estado esperando su ayuda durante mucho tiempo, pero no recibimos ninguna información de su sociedad estos días. Encontré a mi familia sin su ayuda. Ahora Eleuterio está llegando a la casa de Baba Yaga y no tengo tiempo para hablar—.

—Espera, Nóruz. Entiendo que estés enfadado, pero déjame explicártelo —comienza Âlfred. —No siempre tenemos derecho a interferir en el curso de las cosas. Pero no pienses que no hemos hecho nada. Sabíamos que encontrarías a tu familia. Era cuestión de tiempo. También sabemos que Eleuterio necesitará tu ayuda. Por eso estoy aquí, para ayudarte —explica Âlfred.

—¿Para ayudarme? —pregunta Nóruz, sorprendido, cuando de repente, ve a su amigo Hog salir detrás de Âlfred.

—¡Hog! —exclama Nóruz, muy contento de ver a su amigo jabalí.

—Tenéis que ser rápidos. Muy pronto Eleuterio y tus amigos necesitarán tu ayuda —advierte Âlfred.

—¿Y usted, no viene con nosotros? —pregunta Nóruz.

—Estaré allí cuando sea necesario —dice Âlfred. —Por ahora, vosotros debéis iros—.

Nóruz se sube a la espalda de su jabalí Hog y comienza a correr a toda velocidad.

Mientras tanto, Eleuterio, Maverik y Flurry deciden hacer una parada antes de llegar a la casa de Baba Yaga para descansar.

—¡Hace mucho frío! —exclama Flurry. —Voy a buscar leña para hacer una hoguera, tenemos algo de tiempo y creo que nos vendría bien entrar en calor—.

—¿Estás listo? —pregunta Maverik a Eleuterio, poniéndole una mano en el hombro. —Pronto estarás de vuelta en tu casa, en el Bosque Mágico —le dice mientras sonríe.

—Espero que sí. Esta batalla será muy difícil. Pero juntos podemos lograrlo —dice Eleuterio pensativo.

Justamente, en ese instante, escuchan un grito de Flurry.

Eleuterio y Maverik corren hacia el lugar de donde proviene el grito y encuentran a Flurry dentro de un agujero en la tierra, cerrado con una reja de hierro.

—¡Madre mía, Flurry, qué te ha pasado? —pregunta Eleuterio, muy asustado.

—Estoy seguro de que es una trampa de Baba Yaga —responde Flurry, muy angustiado.

—¿Cómo podemos ayudarte, Flurry? —pregunta Maverik. —Estas rejas parecen muy gruesas y no tenemos nada para romperlas —continúa mirando a su alrededor.

—No os preocupéis —dice Flurry. —Mirad al cielo. Ya sale la luna llena. Baba Yaga lo hizo a propósito para que Eleuterio perdiera el tiempo salvándome. Tenéis que ir sin mí. Voy a intentar salir de aquí yo solo. Tengo herramientas. Maverik, cuida a Eleuterio. No os separéis en ningún momento. Es lo que quiere Baba Yaga. Lo siento mucho, Eleuterio, por no poder ayudarte—.

—No te preocupes, amigo mío —responde Eleuterio. —Volveremos a por ti muy rápido. Baba Yaga se arrepentirá por todas las cosas malas que ha hecho—.

—¡Vamos, rápido! —exclama Maverik. —Falta poco para terminar con ella—.

Eleuterio y Maverik continúan corriendo por el sendero hacia la morada de Baba Yaga. Al llegar al lugar, sienten escalofríos recorriendo su cuerpo al ver la imponente casa de Baba Yaga.

La casa de Baba Yaga se eleva en medio del bosque, rodeada de árboles retorcidos y sombríos que parecen guardar antiguos secretos. Es una construcción única, con patas de gallina hundidas en el suelo, como si estuviera lista para alzar el vuelo en cualquier momento. En la entrada, palos de madera clavados en el suelo rodean la casa, con calaveras en sus extremos superiores y velas encendidas dentro de ellas. El exterior muestra señales de deterioro, con paredes de madera oscura y un techo cubierto de musgo que parece a punto de derrumbarse.

—¿Cómo vamos a entrar si parece que esta casa no tiene puertas? —pregunta Maverik.

—Creo que es hora de abrir el pergamino que me dio la bruja de Rupit —responde Eleuterio, sacando el pergamino de su bolsillo.

Mientras Eleuterio despliega el pergamino, lee en voz alta la única frase escrita en él.

"Casita, casita, da la espalda al bosque y gira hacia mí."

De repente, como si respondiera a las palabras de Eleuterio, la casa comienza a crujir y susurrar, su estructura de madera se mueve. Eleuterio y Maverik observan con asombro cómo la casa gira lentamente, dejando al descubierto una puerta donde antes no había ninguna.

—¡Vamos! —exclama Maverik, avanzando hacia la puerta recién descubierta.

A la entrada de la casa se accede por una escalera de madera que cruje bajo los pies y lleva a una puerta con aspecto aterrador, decorada con runas misteriosas y calaveras colgantes. Al adentrarse en la casa, el ambiente está cargado de una calma inquietante. Las paredes parecen susurrar secretos antiguos, y el suelo cruje con cada paso. Las paredes están llenas de estantes con frascos llenos de ingredientes mágicos y herramientas de brujería. La luz apenas se filtra a través de las pequeñas y polvorientas ventanas, creando una penumbra constante.

A pesar de la atmósfera inquietante, Eleuterio y Maverik continúan avanzando. De repente, oyen una risa muy fuerte que llena toda la casa.

Frente a ellos aparece Baba Yaga.

Baba Yaga es la mayor bruja del mundo. Es una figura imponente y aterradora. Su cuerpo encorvado está envuelto en un vestido negro que arrastra por el suelo, mientras que su rostro arrugado está marcado por líneas profundas que parecen contener la sabiduría y la maldad de siglos.

Su nariz aguileña apunta hacia adelante, y sus ojos rojos brillan con una maldad intensa, capaz de penetrar el alma de quien la mira. Sus dientes son puntiagudos capaces de destrozar huesos. Su cabello es largo y desordenado, como enredaderas retorcidas que tapan parte de su rostro con mechones grises y blancos.

Alrededor de ella, el aire parece cargado de poder y peligro, y su presencia desprende una aura de oscuridad y maldad que hace que cualquiera que la tenga delante tiemble de miedo.

En la casa de Baba Yaga, el tiempo parece detenerse, como si estuvieras atrapado en un mundo de magia y misterio del que quizás nunca logres escapar.

BABA YAGA

Ella está sentada en una silla temblorosa, con su pose torcida y con los ojos brillando de malicia.

—Bien, bien, bien, ¿Qué tenemos aquí? —canturrea Baba Yaga, con desprecio.
—¿Vienen a desafiarme unos pequeños duendes tontos que se creen valientes?—

—No te tenemos miedo, Baba Yaga —dice Eleuterio, su voz firme a pesar del miedo que siente.

—Oh, deberían tenerlo, pequeños. Deberían tenerlo —dice Baba Yaga mientras ríe oscuramente y les observa con diversión.

—¡Devuélveme el anillo que me has robado! —exclama Eleuterio con su voz cada vez más temblorosa.

—No puedo, querido duende. Lo necesito. Muchas gracias por traérmelo —responde Baba Yaga entre risas. —Me habéis molestado mucho. Pero ahora, debo poner fin a esta historia. Dime, ¿Cómo es tu Bosque Mágico, Eleuterio? Supongo que me gustará vivir allí —continúa riéndose más fuerte.

—Jamás vas a entrar en ese mundo. ¡En tu vida, malvada bruja! —dice Maverik con rabia y muy enfurecido.

—Oh, Maverik, duende de los ojos de colores… no pensaba que llegarías hasta aquí. ¿Crees que dos contra uno es justo? —responde Baba Yaga con una sonrisa siniestra. —Esta batalla es solo entre Eleuterio y yo. Pero te prometo que verás el último suspiro de tu amigo —amenaza Baba Yaga, cuando de repente comienzan a entrar en la casa raíces de árboles, atando los pies, los brazos y el cuerpo de Maverik. Con una fuerza enorme, empiezan a llevarlo hacia fuera de la casa.

—No tengas miedo, Eleuterio, ¡La vas a vencer! —grita Maverik desesperadamente mientras las raíces lo atan a un árbol, tapándole la boca.

—Por fin estamos tú y yo solos —le dice Baba Yaga a Eleuterio. —No quiero perder más tiempo—.

Con un movimiento de su mano y moviendo sus dedos de arriba a abajo, Baba Yaga convoca su magia oscura, enviando rayos de energía hacia Eleuterio. La magia oscura lanza a Eleuterio fuera de la casa, cayendo muy fuerte al suelo.

—Ahh… Eleuterio, llevo siglos viviendo en este mundo consiguiendo todo lo que quiero. Ni siquiera el miserable de Âlfred con su sociedad secreta pudo detenerme.

¿Cómo has podido pensar que podrías hacerlo tú? Un duende tan inútil y pequeño —dice Baba Yaga, juntando sus manos y entrelazando los dedos.

—No vas a conseguir nunca destruir mi mundo. Voy a proteger siempre mi hogar. Cueste lo que cueste— dice Eleuterio, intentando levantarse del suelo.

—¡Es la hora! —dice Baba Yaga mirando fijamente a la luna llena. —Gracias por este regalo, Eleuterio —murmura con malicia mientras comienza a conjurar una bola de fuego entre sus manos.

Mientras tanto, Maverik lucha por liberarse de las raíces que lo mantienen atrapado y que le están impidiendo respirar. Sus ojos están llenos de lágrimas por la impotencia de la situación.

—Lo siento mucho, amigo —susurra Eleuterio, sintiendo el peso de la culpa sobre sus hombros por lo que está pasando Maverik.

De repente, una piedra gigante impacta contra la mano de Baba Yaga, haciéndola gritar de dolor y soltar el anillo. La piedra rompe los delgados huesos de los dedos de Baba Yaga, y el anillo cae al suelo creando un círculo con una luz intensa, el portal hacia el Bosque Mágico.

Eleuterio gira su cabeza hacia la dirección de donde vino la piedra y ve a Nóruz y Flurry encima del jabalí Hog.

—No vas a destruir ningún mundo, maldita bruja —le dice Nóruz a Baba Yaga con rabia mientras salta desde Hog al suelo para ayudar a Eleuterio a levantarse.

—Nóruz, Flurry, no puedo creerlo, qué alegría veros —dice Eleuterio muy asombrado.

—No es hora de hablar —contesta Nóruz —Tenemos que leer esto rápido mientras Flurry lanza rayos de electricidad con el alicate que le dio Qüinlyn para distraer a Baba Yaga—.

—¿Qué es lo que tenemos que leer? —pregunta Eleuterio con curiosidad y nerviosismo.

—En la casa del hechicero, en Asturias, arranqué la página de su libro mágico donde aparecía un hechizo para vencer a Baba Yaga. Espero que funcione—.

Justo antes de leerlo, Baba Yaga, con rabia en los ojos, le quita los alicates de las manos a Flurry con su magia y comienza a crear una bola de fuego con su otra mano.

Eleuterio y Nóruz comienzan a leer el extraño hechizo rápidamente.

"Fiat lux aurorae dissolvat incantamentum, et cor Baba Yaga in suo ipso arcano constrictum sit, ut astrorum magia surgat super malitiam pristinam! Tvoja magija zakanchivaetsya sejchas!"

Tras la última palabra, una luz brillante cae del cielo y golpea con fuerza a Baba Yaga. —¡Proklyatiye! —exclama ella, muy asustada.

Baba Yaga comienza a gritar y la bola de fuego en sus manos se apaga convirtiéndose en humo. —¿Qué habéis hecho? ¡He perdido mi poder! ¡Ahhhhh!—.

En ese mismo instante, la casa de Baba Yaga comienza a destruirse.

Las raíces que tenían atrapado a Maverik se sueltan y corre hacia sus amigos para abrazarlos.

Flurry recoge su alicate del suelo y lanza con todas sus fuerzas electricidad hacia Baba Yaga. Ella cae al suelo con un grito de desesperación.

De repente, una luz deslumbrante ilumina el lugar y aparece Âlfred. —Muchas gracias a todos —dice mientras se acerca al grupo y mira fijamente a Baba Yaga—. Su poder no nos permitía entrar en su territorio. Estaba siempre escondida y protegida de nosotros. Y ahora, por fin, podemos detenerla gracias a vosotros—.

—¿Qué vais a hacer con ella? —pregunta Eleuterio.

—La vamos a encerrar para siempre en una montaña —contesta Âlfred sin dejar de mirar a Baba Yaga sin pestañear.

—¡Oh, no! —exclama Flurry —Eleuterio, tu anillo está roto—.

—Y el portal se está cerrando —añade Maverik —. Deberías irte rápido si quieres volver a tu hogar—.

—¿Y sin el anillo no podrás volver aquí y no te volveremos a ver? —pregunta Nóruz con voz temblorosa y con lágrimas en los ojos.

—Os quiero muchísimo, mis amigos, y os agradeceré toda mi vida por vuestra ayuda —dice Eleuterio —Sin vosotros, no habría llegado hasta aquí. Pero ahora debo irme. Os prometo que buscaré opciones para poder volver a veros —añade, saltando rápidamente dentro del portal justo antes de que desaparezca. —¡No me olvidéis nunca!— exclama en el momento en que el portal desaparece.

—¡Recuérdanos siempre, Eleuterio! —exclama Nóruz desesperadamente.

Tras ese momento, Âlfred saca una caja cuadrada y la señala hacia Baba Yaga. Con una luz resplandeciente, rápidamente desaparecen del lugar. —Recordad que, si necesitáis ayuda, estamos en la montaña de Montserrat —dice Âlfred mientras se desvanecen con la luz.

Los amigos, tristes y llorando desconsoladamente por la despedida tan rápida de Eleuterio, se abrazan y, al mismo tiempo, sienten alivio porque su gran amigo Eleuterio finalmente ha podido regresar al Bosque Mágico. —Amigos, es hora de volver a casa. Eleuterio ya está en su hogar. Espero que sea muy feliz— dice Maverik secándose las lágrimas de sus ojos.

—Sí, necesito recuperarme de todo lo que hemos vivido —dice Flurry muy triste.

—Si he conseguido volver a estar con mi familia, volveré a ver a Eleuterio. ¡Lo conseguiré sea como sea! —dice Nóruz con optimismo. —¡Vamos, amigos! —exclama mientras se suben encima del jabalí Hog para volver a casa.

CAPITULO XXI
El Regreso

Eleuterio aparece frente a su casa. La noche está muy oscura, las farolas y las ventanas de su hogar están apagadas. Eleuterio se queda inmóvil por un momento, tratando de comprender todo lo que ha sucedido.

—Por fin estoy en casa, en mi Bosque Mágico —murmura para sí mismo.

—No puedo creerlo. Estoy aquí gracias a mis amigos —dice Eleuterio, comenzando a sonreír. Sin embargo, su sonrisa desaparece al recordar que el anillo se ha roto, sintiendo un escalofrío recorrer su espalda. —No puede ser que no volveré a ver a mis amigos nunca más —dice con tristeza mientras una lágrima cae desde su ojo.

Así permanece Eleuterio, sin moverse, reflexionando sobre todo lo que ha vivido, sin atreverse a entrar en casa durante varios minutos. De repente, observa cómo las luces se encienden en las ventanas y la puerta se abre, revelando la figura de Tronquito, su querido amigo. —Tron… Tronq… Tronquito —dice Eleuterio con una voz sin fuerza.

—¡Eleuterio! —exclama Tronquito con alegría, corriendo a abrazar a su amigo —¡Tanto tiempo sin verte! ¡Estaba muy preocupado! ¿Cómo estás? ¿Estás bien? ¿Dónde estabas? ¿Qué ha pasado? —pregunta Tronquito sin parar.

—Estoy bien —responde Eleuterio en voz baja, abrazando a su amigo con fuerza mientras las lágrimas inundan sus ojos.

—Tranquilo, vamos adentro y me cuentas todo —dice Tronquito.

Eleuterio y Tronquito entran en la casa y se sientan en el sofá frente a la chimenea.

Después de un rato de silencio, asumiendo todo lo sucedido, Eleuterio comienza a explicar sus aventuras y todo lo que ha vivido. Tronquito escucha atentamente, con la boca abierta de asombro.

—Eres muy valiente, amigo mío —dice Tronquito con admiración. —Estoy muy orgulloso de ti—.

Eleuterio se queda en silencio, observando las llamas danzantes en la chimenea. Después de unos minutos, rompe el silencio. —Gracias por cuidar nuestro hogar, Tronquito —dice mirándole con una sonrisa. —¿Cómo está nuestro bosque? ¿Ha ocurrido algo grave mientras no estaba? —le pregunta.

—No, está todo como siempre, aunque todos estaban preocupados. Venían cada día a preguntarme dónde estabas. La verdad es que lo hemos pasado muy mal pensando que te había pasado algo grave y que no te volveríamos a ver —responde Tronquito, tranquilizándolo.

—Estoy agotado, Tronquito —dice Eleuterio con un suspiro. —Aunque no sé si podré dormir—.

—No te preocupes —responde Tronquito con una sonrisa tranquilizadora. —Te preparé un té relajante. Verás cómo te ayuda a dormir—.

Eleuterio se toma el té, se tumba en la cama y se sumerge en un sueño profundo rápidamente.

Tras unas horas, se despierta sobresaltado al escuchar voces resonando fuera de su secuoya. —No, por favor. Parece que ha venido medio Bosque Mágico a preguntar cómo estoy y dónde estaba. No me apetece ver ni hablar con nadie —murmura para sí mismo.

—¡Tronquito! —exclama Eleuterio llamando a su amigo, buscándolo sin éxito.
—¿Dónde estás? —pregunta.

Sin obtener respuesta, se levanta de la cama y se dirige a la cocina para prepararse el desayuno. —¡Madre mía, son las 14:00! ¿Cuántas horas he dormido? —se pregunta, justo cuando escucha la puerta abrirse y la voz de Tronquito.

—¡Eleuterio! ¡Tienes que salir fuera! ¡Tengo una sorpresa para ti! —exclama Tronquito.

—No, Tronquito, por favor. Déjame tranquilo hoy. No puedo hablar con nadie y no me gustan las sorpresas —responde Eleuterio.

—Pero esta te gustará. ¡Vamos! —insiste Tronquito, cogiendo la mano de su amigo y llevándolo fuera.

Cuando Tronquito abre la puerta y salen de la secuoya, Eleuterio casi se cae por las escaleras al ver lo que hay frente a él.

Todos sus amigos están allí, sonriendo. Maverik, Flurry, Qüinlyn, Nóruz con Sima, Hog y toda su familia, y Fendrik con Puri.

—¿Cómo estás, Eleuterio? —pregunta Maverik. —Has dormido mucho—.

—¿Qué está pasando? —le pregunta Eleuterio a Tronquito. —¿Sigo durmiendo? El té que tomé ayer me está afectando. ¿Qué hierbas llevaba? Creo que tengo visiones—.

—Son tus amigos, no estás soñando. Ellos están aquí de verdad, Eleuterio —explica Tronquito.

—¿De verdad? Pero, ¿Cómo? —pregunta Eleuterio asombrado.

—Cuando desapareciste, me preocupé mucho. Lo pasé muy mal durante todo este tiempo. Entonces recordé que fueron los trolls quienes te regalaron un anillo mágico. Después de muchos días de búsqueda, finalmente los encontré. Me dijeron que tenían cinco anillos más, así que los conseguí. Estaba listo para ir a buscarte, pero por sorpresa, ayer apareciste tú. Así que usé el anillo para buscar a tus amigos y traerlos aquí mientras dormías —explica Tronquito.

Eleuterio queda hipnotizado, observando a sus amigos sin moverse.

—Parece que Eleuterio no está contento de vernos —bromea Flurry sonriendo. —Os dije que sería mejor visitar a mi hermano Olavio en Finlandia—.

—Estoy muy feliz y contento de veros. No me lo puedo creer —dice Eleuterio, bajando las escaleras corriendo emocionado y abrazando a todos sus amigos.

Todos están encantados de ver a Eleuterio de nuevo y se abrazan con emoción.

Tronquito, Nóruz y su madre Ástrid comienzan a preparar comida para celebrar su reunión, organizando una gran fiesta a la que acude todo el bosque para celebrar la feliz ocasión.

—Sabía que te volvería a ver —le dice Nóruz a Eleuterio, guiñándole un ojo y con una sonrisa mientras señala su collar, que vuelve a brillar.

SOBRE EL AUTOR
Dmitriy Babakhov

Desde que era pequeño, siempre me han fascinado los duendes, trolls, gnomos, hadas, brujas y todo tipo de seres elementales. Mi mente rebosaba de ideas sobre un mundo poblado por personajes elementales y lleno de historias fantásticas, las cuales convertía en realidad a través de dibujos.

Ahora he logrado hacer realidad ese mundo imaginario y poder compartirlo con un público más amplio. Las experiencias vividas durante mis viajes han enriquecido las páginas de este libro, junto con una buena dosis de creatividad y fantasía.

Os agradezco sinceramente por sumergiros en estas páginas, espero que disfrutéis tanto como yo disfruté al crearlas.

INSTAGRAM @dimabhls

Sígueme en Redes Sociales

INSTAGRAM / FACEBOOK

@DuendeEleuterio

LA MÚSICA OFICIAL DEL LIBRO (BSO),
LOCALIZACIONES, MERCHANDISING
Y MUCHO MÁS EN:

www.Bosque-Magico.es

www.ingramcontent.com/pod-product-compliance
Lightning Source LLC
Chambersburg PA
CBHW071420150726
48000CB00001B/415